U0015673

# 流轉之年。

*Years of Transience*

年度暢銷作者
藤井樹
*Hiyawu*

而我們就在這些流轉之年中，笑著、哭著、感受著，那關於成長的，點點滴滴。

作◇者◇序

# 我不會寫序

我不會寫序。

我真的很不會寫序，每次寫序我就要想個老半天，每次如玉都要等我的序等到天荒地老。我時常告訴她說「這兩天就會給妳序了」，然後過了二十天都沒交稿。

這樣。

我自認寫過最好的一篇序，是寫給穹風《FZR女孩》的那一篇。因為寫得超爽快，又能消遣那個笨蛋，我不管是在寫之前還是之後，都是心情愉快的。

羅志祥唱過一首歌，叫作〈我不會唱歌〉。

「我努力唱完主歌，我忘了走音沒有，我到底哭什麼，哭什麼，明明搞笑的。」

我也想寫一本書，叫作《我不會寫小說》。

「我努力寫著小說，我忘了好看沒有，我到底爽什麼，爽什麼，明明寫不完的。」

在一開始設定《流轉之年》的角色跟故事結構時，我真的有寫不完的覺悟，因為我太貪心了，我想一口氣寫十個同學的故事，再加上第一人稱主述（就是主角），表示要在這一部小說

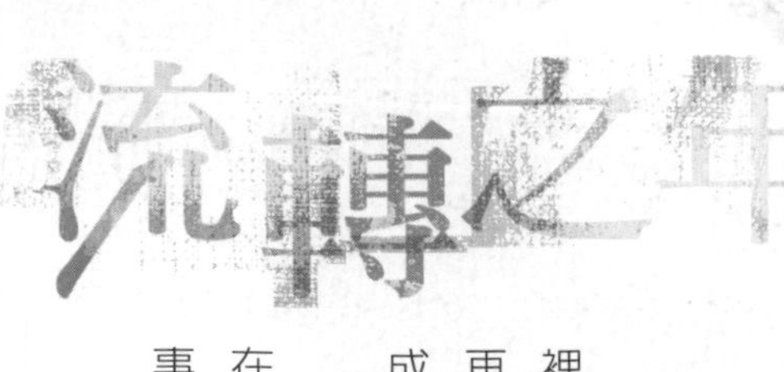

裡，提及十一個人的故事。十一個同學又各有各的家庭問題，以及兄弟姊妹之間的相處問題，再加上同學之間的問題，跟其他不是同學之間的角色衝突，我發現如果真的寫下去，大概會寫成《哈利波特》那種長度。

最重要的是，我沒有在同一本書內同時處理過這麼多的角色，我怕我會精神分裂。因為我在寫某個角色時，就會用這個角色的角度思考，寫另一個角色時，就會用另一個角色的想法想事情。

所以，當一個小章回裡有四個人同時在說話，我就會同時扮演四個人。

這樣扮演會不會累？累倒是還好，怕的是扮演得不夠準確。還沒動筆之前，角色的性格就已經設定好了，如果我在一個小章回裡扮得不好，那麼故事走到後面，會引起角色前後的性格差異，那就麻煩了。

為什麼會麻煩？因為小則修改一堆東西，大則重寫。

我想這世上還是有不必重寫，卻仍能如期交出完美作品的高手，但我不是那個高手，所以我總是很認真地在每一個小章回裡，扮演每一個出場的角色。

不過十一個角色真的太多了（對金庸來說則是太少了）。

十一個角色，就有十一個家庭，有十一個爸爸跟十一個媽媽。然後又不能讓爺爺奶奶全都死光，所以可能要留下一半左右的爺爺奶奶……

所以，我從十一個裡面挑了三個來寫，實力不足的我，依然寫到精疲力盡。

在寫上一本書《流浪的終點》時，我本來打算寫流浪三部曲的，分別是《流浪的終點》、《流浪之初》和《流浪記事》。不過我必須坦白地說，因為我流浪的地點不多，時間也不長，要寫那麼多流浪的事，我就必須真的去流浪，才有辦法累積說故事的能量。

到目前為止，我真正流浪過的地方只有溫哥華，所以《流浪的終點》的故事背景就發生在溫哥華。而本來《流浪之初》要寫的是西雅圖和洛杉磯，《流浪記事》要寫的是曼徹斯特，也都因為還沒成行而作罷。

所以，當我本來已經設定好的一些事情因為現實條件不足而無法完成時，我就會感覺力不從心。就像是我一直想拍一部棒球電影，卻因為所需要的資本有點龐大，所以到現在還是卡在沒錢的階段，儘管劇本已經完成，儘管很多拍戲的朋友都已經答應要力挺我的電影。

但現實永遠會讓你改變計畫。

所以，我沒辦法寫含括太多角色的故事，因為現實中我就是一個實力不夠的人。

所以，我沒辦法寫那麼多流浪的故事，因為現實中我還沒辦法去流浪。

所以，我沒辦法拍需要好幾千萬資本的棒球電影，因為現實中我並沒有那麼多錢。

這才發現我不會的東西好多。

我不會寫序，我不會寫太大的故事，我不會流浪，我不會拍電影。

把我人生的標準拿來評價我這個人，那肯定是零分。因為太多我給自己的人生功課，都還停留在「未完成」的階段。

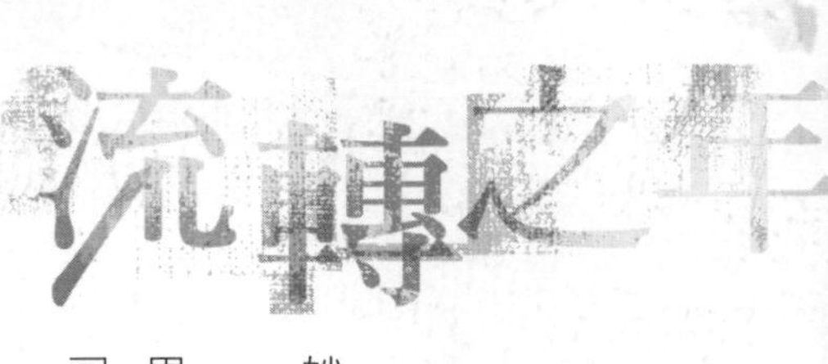

小時候功課交不出來，就會被老師打或是罰站。

長大之後，自己的人生功課交不出來，誰要來打我？或是叫我去罰站呢？

家人說我對自己的要求太高，我卻覺得「要求太高」四個字是莫名其妙的，標準的莫名其妙。

到底什麼是高呢？哪裡算高？要求自己考上台大叫作要求高嗎？那哈佛劍橋的學生呢？如果他們要求自己有一天能上太空，那也叫作要求高嗎？又如果你要求自己長大後要開一家公司，年營業額至少要有一億，這也叫作高嗎？那郭台銘、林百里那類人叫什麼？怪物嗎？

我相信考上哈佛或劍橋的學生，他們永遠不會認為自己給自己設定了過高的目標，因為那是他們認定自己能做到的。我也相信郭台銘跟林百里不會覺得對自我要求太高，因為那是他們認定自己能做到的。

給自己的人生一些功課不叫作要求高，就像我這種小角色也想拍電影拍電視一樣。這根本不是要求太高，而是真正地認清自己有多少能力，把功課設定在多遠的地方，而某一天一定會交出來而已。

並沒有人要求你明天就要考上哈佛或劍橋，也沒有人要求我明天就要把電影拍出來啊。你可以花十年的時間考上台大或劍橋，或是花十年開一家年營業額一億的公司，我也可以花十年的時間拍完我的電影。

因為人生啊，不是只有幾天的時間。

給自己的人生一些功課，你有幾十年的時間去完成。

然而，當年紀愈大，表示你跟現實的關係就愈親密。你不見得會喜歡它，但它一定會很愛你。

如果你設定的人生功課被現實給擋下或是擊敗，那怎麼辦？

我倒不覺得那是什麼問題，因為你會遇到的現實，別人也會遇到，重點就在誰能讓現實跟功課和平相處，而不是眼看著現實擊倒你的功課。

能衝破現實的人永遠都會是贏家，即使人生並不是光憑這個來判斷輸贏的。

所以，我能不能變成一個很會寫序的人？會吧。

我能不能變成一個可以在一部作品中處理很多角色的寫手？會吧。

我能不能拍完那部要幾千萬才能完成的電影？會吧。

因為我認定我能做到，那是我人生的功課。

而我有幾十年的時間去完成它。

千萬別認為你對自己的要求太高。

那只會阻止你變得更好。

哈哈！我果然不會寫序。

這序跟我的《流轉之年》，一點關連也沒有啊！

吳子雲　二〇一〇年之初　於台北

# 紅色的白色制服

不只是左手斷了、肋骨斷了，左手無名指跟食指也斷了。
他的背縫了十六針，右手也縫了十六針。
白色的制服變成紅色的，
白色的眼眶也變成紅色的。

育佐的媽媽很心疼地看著自己的孩子，
而育佐的表情痛苦地糾結著。
他的額頭都是汗，他的臉上都是水。

他在哭，也在忍。
只是那當下，我分不出他到底是在忍著痛，還是忍著心裡的恐懼呢？

穿過肉的針和線在一條深紅色的開口上來回穿梭，
我到現在還記得那針的樣子，
是半弧形的。

後來我們曾經討論過，
如果那天沒有跑掉的話，我們會怎麼樣？
但是沉默了很久，沒有人說話。

我想，我們那當下都知道，
如果沒有跑掉，我們一定會怎麼樣。

但我們其實都更清楚，如果沒有育佐擋著撞球間的後門，
如果警察沒有碰巧出現在轉角，
我們三個，可能會被打到殘廢。

這樣。

01

我很怪，伯安說的。

但其實在我的感覺中，伯安更怪，只是他不知道罷了。

他為什麼很怪？你接著看下去就知道了。

伯安有一個妹妹、一個弟弟，可是跟他長得不一樣，是很不一樣的那種不一樣。

因為他的妹妹跟弟弟是小媽生的，就是他爸爸的第二個老婆生的。這樣。

伯安的媽媽很早就離開他們家了，但原因是什麼，他始終沒說過，一直到要上大學那年，他才告訴我們。

我從沒聽過伯安說起他媽媽的事，卻老是聽見他在說他小媽的事，他說他很討厭他的小媽，「幹你娘的！一個沒內涵又三八、什麼都不會的臭女人，一天到晚只會花錢過爽日子！除了打牌逛街買化妝品去塗在她那張鬼臉上頭之外，幹你娘的到底還會什麼？」他都是這樣在罵他小媽的。

我都聽到會背了。這樣。

所以我也知道他跟他弟弟妹妹的關係不太好，因為他小媽都對他的弟妹說：「不需要叫他哥哥！他是別的女人生的，不是你們的哥哥！」

最奇怪的是，他爸爸也知道他小媽這麼說，卻不覺得他小媽有什麼不對。這樣。

「我爸在旁邊聽了，只是看了那個臭女人一眼，然後就繼續看他的報紙了。」伯安摸摸下巴，一臉大便地說：「幹！這是什麼家庭？」

但是儘管如此，唯一跟伯安比較有話講的，還是他爸爸。那大概就是那種「這世上只有你跟我最親了，我別無選擇」的無奈吧。這樣。

他爸爸一年到頭在家裡的時間，前前後後加起來大概只有一個月，因爲他是開酒店的，就是有女人陪酒的那種酒店，因爲工作，每天都在外面應酬，不然就是忙著把被警察勒令停業的舊店關起來收一收，過一陣子風頭過了之後，再換個店名重新開張繼續營業。這樣。

我老覺得他爸爸更像是個黑道大哥，但伯安說不是，「他是個生意人。」

所以，伯安在家裡的時候，不會有人跟他說話。即使他家裡有一個小媽、一個弟弟、一個妹妹，還有兩個傭人，感覺上好像很多人、很熱鬧，但他還是覺得很像是一個人住。這樣。

他說我剛跟他認識的時候，都會把他的名字叫成安伯，他覺得很怪，這樣。

「伯安！伯安！我叫伯安！拜託你聽清楚一點！我叫伯安！」他總是這樣強調。

「好的，伯安。」在那當下，我會很準確地叫對他的名字。

然後過幾分鐘之後又叫錯。這樣。

伯安說我不只是叫錯他的名字怪，他說我連吃東西也很怪。

那時候我們幾乎天天在學校訂便當，便當總會有一道主菜，有時是雞腿，有時是排骨，有時候是魚，我總會把雞腿排骨跟魚留在最後才吃。這樣。

「爲什麼你都這樣吃便當？」他皺著眉頭問。

「爲什麼我不能這樣吃便當？」我皺著眉頭回問。

「爲什麼雞腿要留到最後吃？」

「爲什麼雞腿不能留到最後吃？」

「爲什麼你這麼奇怪？」

「爲什麼你每天都要說我奇怪？」

「因爲你眞的很奇怪啊！」

「你怎麼不說你很奇怪？」

每天中午一起吃便當時，我和他之間一定會有這樣一段對話，而且內容每次都一樣，唯一不同的是，雞腿會換成排骨或是魚。這樣。

後來我才知道有一種症候群叫作「延遲享樂主義者症候群」，就是會把自己最在乎或是最喜歡的東西，留待最後再來享受。這樣。

「延遲享樂主義者症候群」當中包括某種程度的工作狂。也就是說，你都已經快要餓昏或是渴死了，餓到全身都因爲血醣太低而發抖了，或是渴到頭痛，喉嚨都開始發乾了，你還是會堅持下去，把手邊的工作告一個大段落之後再去吃飯或喝飲料，這也是這類症候群的一種。這樣。

然後伯安就會說：「拜託你說話不要一直這樣這樣這樣的，可以嗎？」

「爲什麼不能這樣？」

「因爲我覺得很怪啊！」

「爲什麼你覺得很怪？」

「就是覺得很怪，沒有爲什麼，就是很奇怪！」

「我就是問爲什麼很奇怪啊？」

「就是很奇怪！奇怪奇怪奇怪奇怪奇怪奇怪……」

「這樣這樣這樣這樣這樣這樣……」

然後我們就開始跳針了，他拚命地說奇怪，我拚命地說這樣。

可是不知道爲什麼，在他每天每天的「叮囑」之下，時間久了，我竟然不知不覺地改掉了在語末加上「這樣」的習慣。

這樣。

伯安國一時，有一個同班同學，叫育佐，他比伯安還怪。

他是個標準英雄主義的人，這一點從他打電動的習慣就可以看出來。當我們在學校外面打投幣式電玩，操縱著關羽趙雲張飛在打黃巾賊時，總是會在危急的那一刻聽見育佐大喊：「撐住！兄弟們！我來救你們了！」但他其實也沒剩下多少血。通常都是我們三個死在一起，指著對方互相吐槽誰的戰力太弱，然後再從口袋裡拿出五塊錢，繼續接關殺黃巾賊。

育佐很喜歡超人系列的東西，他尤其喜歡洛克人。

那是一隻愚蠢的藍色驢蛋，只會伸直了手發射砲彈，然後張著嘴巴跟白癡一樣跳啊跳的藍色驢蛋。

「喂！洛克人很白癡耶。」我說。

「你不懂欣賞！這叫作英雄！英雄永遠不怕被說是驢蛋！」育佐大聲地反駁。

後來洛克人出了第二代、第三代，有好幾種顏色，也增加了攻擊技能。

育佐會特地跑去買洛克人大型公仔，而且還不拆封。「拆封後就沒價值了。」育佐很專業地說。

我才懶得管藍色驢蛋有什麼價值呢！

育佐有一個身材很好的妹妹，國二的時候胸部就已經很大了，而且還有細細的水蛇腰跟很豐腴的屁股，長得也很漂亮喔！只可惜脾氣很差，大小姐一個。

育佐家裡是開鐵工廠的，他從小就在一大堆大型機具跟一大堆鋼鐵堆裡面長大，陪著他的都是長得很粗壯的工人，還有那一瓶一瓶保力達B的空瓶子。

跟伯安比起來，育佐的家庭正常多了。爸爸是鐵工廠的老闆，平時抽點菸喝點酒，不會出去外面花天酒地，也不會養小老婆。媽媽是家庭主婦，平常無聊買點股票當作賺外快，不會一天到晚在外面花錢買化妝品、打麻將。妹妹是個脾氣壞的大小姐，除了身材很好、長得很正之外，其他的優點目前還沒看到。他家裡還有爺爺奶奶，身體硬朗又慈祥可愛，三代同堂好快樂。

有一次，我在育佐家門口等他一起出去打籃球時，聽見他媽媽跟隔壁鄰居聊天，說：「我家就育佐比較皮，是個比較讓家人擔心的孩子。」

但是，到底什麼叫作「讓家人擔心的孩子」呢？

有時候我很疑惑，所謂「讓家人擔心」的孩子，就眞的表示他有很大的問題嗎？爲什麼問題不是「家人太愛擔心東擔心西」呢？爲什麼問題一定是在孩子身上？

我覺得育佐並沒有什麼需要讓人擔心的地方啊！除了他有時候會發神經，做出一些很莫名其妙的事情之外。

有一次，國三的時候，升旗典禮。

育佐是兩個升旗手之一，而我們學校的升旗台在司令台左後方，那台子大概有一百六十公分左右，大概一個人的高度那麼高。

典禮結束，旗已經升上去之後，教務主任開始說話，育佐卻一個人留在升旗台上。因爲全校都面對升旗台，所以可以很清楚地可以看見他在升旗台上的一舉一動。

他在幹嘛？他在學當時非常紅的麥克傑克森的舞步，不是太空漫步，而是摸著胯下、頂著屁股一前一後的舞步。

我覺得他是個白癡，爲什麼他在做這件蠢事之前，沒想到其實每一班的班導師都站在班級旁邊呢？所有的老師都能看見他那個看起來很猥褻的動作。

後來訓導主任罰他一邊跳那個摸胯下舞，一邊繞操場三圈。

笑歪了，我們全班。

當然，最爽的是我跟伯安。

育佐真的很白癡。

## 02

我跟伯安、育佐是在國二時認識的，簡單地說，就是二年級依學力分班後才開始同班。一年級時成績很好的那些人，一定都會被編到$A^+$班，就是所謂的資優班。成績很差的會被分到B段班，就是所謂的放牛班。我們三個成績沒有很差，但也不算太好，所以我們被編到中間班，老師說我們這叫$A^-$班，如果二年級成績夠好，就可以上$A^+$班，如果成績很爛，就會下放牛班。

二年級一開學，級任導師才走進教室，就伸出食指指著天花板說「上面是資優班」，然後他反轉食指，指著地下說：「下面是放牛班。」然後他收起手指雙手抱胸，「想去什麼班，你自己選。」老師面無表情地說著，好像$A^-$班的死活跟他沒什麼關係。

當時我覺得老師好像在跟我們介紹天堂跟地獄，認眞一點念書就會上天堂，繼續貪玩不念書就會下地獄。

「想去什麼班，你自己選。」老師的話還在耳邊繚繞，我立刻有了疑問，「眞的可以選嗎？選了會怎樣嗎？都不選又會怎麼樣呢？」想著想著，我把視線看向窗外。

「陸子謙，老師在說話你在看哪裡？」才看沒幾秒鐘，老師就開罵了。

「沒……沒有……」我囁嚅著。

「沒有？才剛開學你就給我不專心，我看下學期你可能就在地獄了！」老師很嚴肅地指責著。

我不想去地獄，我想沒人會喜歡去地獄。

但是，天堂怎麼去呢？很認眞念書就能去嗎？如果認眞念了還是沒辦法去怎麼辦？

其實，我們怎麼會有選擇呢？怎麼可能讓我們選擇？

很多時候我們都沒有選擇，什麼時候輪得到我們選擇？

六點二十分開始的早自習，我們可以選擇不要考小考嗎？不行。

八點整的第一堂課，我們可以選擇不要考第二張小考考卷嗎？不行。

九點整的第二堂課，我們可以選擇不要考第三張小考考卷嗎？不行。

十點整的第三堂課，我們可以選擇不要考第四張小考考卷嗎？不行。

十一點整的第四堂客，我們可以選擇不要考第五張小考考卷嗎？不行。

……

……

晚上七點的最後一堂課，我們可以選擇不要考第十二張小考考卷嗎？不行。

「你們一天只考十二張就覺得很辛苦，你們爲什麼不想想A段班的同學們，他們每天的考試次數是你們的兩倍，爲什麼他們不覺得辛苦？你們的最後一堂課是晚上七點，人家A段班的最後一堂課是晚上八點，下課都已經九點了。人家回到家還拚命念書，你們呢？男生回家就看漫畫打電動，女生回家就看雜誌看綜藝節目，是要拿什麼競爭力來跟人家比？想要有所獲得，就要付出努力，想念好的高中就要好好念書，像你們這麼被動又懶得念書，雄中雄女附中鳳中都不會有你們的份的。我說過，而且說了不知道幾百次了，上面是A段班，下面是放牛班，想拿個A回家還是想牽條牛回家，你自己選。」老師那張嘴像是連珠炮似的，說話速度飛快還不用停頓。

但我們有選擇嗎？

在人生才剛到十四、五歲的年紀，我們就好像被夾在時光的縫隙中一樣，前面是前途跟聯考，後面是再也回不去的小時候，這時候有沒有選擇，好像沒那麼重要了。

只是過了一些日子，我在學校走廊上，下課時間，一邊喝著可樂一邊看著來來往往的同學或學長們。那些衝來衝去在玩追逐遊戲笑得很開心的是放牛班的學生，滿臉痘痘念書念到每天愁眉苦臉的是資優班的同學，我不禁開始思考，老師在開學時用食指指著的方向，是不是反了？

如果不是反了，爲什麼在天堂的看起來很痛苦，而在地獄的卻很開心呢？

「幹！可樂只買自己的喔？」打斷我思緒的是伯安，他拿走我手上的可樂，然後一飲而盡。

伯安姓魏，育佐姓汪，都是處女座，都是O型，都是戴眼睛的阿呆型男生，生平看的第一本寫眞集是宮澤理惠的。

啊，對了，我也是，我處女座，我O型，我也戴眼鏡，他們在看宮澤理惠的時候，我也在旁邊。說了不怕你笑，當我從那本厚厚的彩色寫眞集裡看見宮澤理惠的胸部時，我有了生理反應，因爲我從沒眞的想像過女生的內衣裡面到底包著什麼樣的東西。

我只在家裡看過我媽剛洗完澡穿著內衣走出浴室的樣子，那發福的身軀跟肚子附近一層層的脂肪，讓我沒辦法從那樣的身材投射出一個美麗的女性身軀。儘管班上的男生都說看A片就會知道女生的身體是什麼樣子。但見鬼啦！我家沒A片，我才十四歲，是哪來的A片可看？

雖然只是照片，但那是我第一次看見女生的身體，我的生理反應讓我不停地感覺到熱跟臉紅，爲了掩飾這種尷尬，我故意指著伯安跟育佐的胯下說：「喔喔喔喔喔！這是怎樣！這是怎樣！」

這叫先聲奪人。

然後整個下課時間，教室裡充斥著我們互相拍打對方「小弟弟」，還有我們尖叫的聲音。

我必須說明一下，我們不是故意要尖叫的，沒辦法，因爲打「小弟弟」眞的太痛了，而這種蠢事我們玩了一整天。

你要說我們的遊戲很齷齪，我們承認。

我們還曾經很無聊又白癡地約好三天不洗澡，然後第三天到學校去搓身上的污垢，搓成彈珠大小的黑球，然後丟到別人的便當裡。這裡的別人是指我們三個。

這個遊戲的冠軍是育佐，他搓出一顆半個乒乓球大小的污垢，嚇壞我跟伯安了。

我們班的女生基本上對我們三個人的態度是唾棄的。喔不，我錯了，應該說是「非常唾棄」的。

如果跟我們其中一人講話時，她們面對著我們，甚至是看著我們的眼睛說話，那就算她們當下是咬牙切齒、面容猙獰地說出「陸子謙，你是個混蛋王八蛋」，那也表示她們的態度是很好的了。

對，她們很不喜歡我們。

原因？沒什麼原因，我們就是很白目，而我們一點都不知道自己很白目。

「陸子謙、魏伯安、汪育佐，你們三個下課後到訓導處找訓導主任！」

老師很常說這句話，啊，不！是每天都會說這句話。其實我們聽得很煩，而且很不喜歡他們說這句話時的嘴臉，每次都是一副「等一下到訓導處你們就慘了」的樣子。拜託！拜託好嗎？我們什麼大風大浪沒見過？

「我實在沒見過像你們這麼惡劣的學生！」訓導主任見到我們的第一句話一定是這句，從來沒有創新過。國中聽他這句話聽了三年，了無新意。每次給我們的處罰，永遠都是那幾招，打手心打屁股打小腿肚，或是跑操場二十圈，或是擦整棟樓的窗戶，或是到學校門口去半蹲並且大喊「下次不敢了」一百遍。

下次不敢？怎麼可能？我們永遠都敢。

你可能在想，我們到底有多壞？其實我們也沒多壞，只是不愛上課罷了。

愛打電動？拜託！哪一個國中生不喜歡？

上課遲到？拜託！睡飽一點對身體好啊！

成績不佳？拜託！連題目都看不懂是要怎麼成績好？

到漫畫租書店去偷色情漫畫？拜託！這種事每天都有人在做，而且又不是我們喜歡偷，我們是年紀不到，沒辦法租，所以才偷，能租的話誰會想偷？而且我們還會替別人著想，怕別人看不到，或是集數看不齊，還會在看完後，好心地「完璧歸趙」呢。

作業不交？他媽的拜託！每次作業一派就是一卡車，是寫得完喔？

不合群搞小團體？拜託拜託再拜託！是別人不跟我們交朋友的好不好？最好我們有搞小團體！

我不知道老師們爲什麼對我們這麼頭痛，其實我們一點都不覺得我們有什麼大問題。就算我們有問題，很多國中生都有啊，爲什麼只對我們特別嚴厲呢？

上課的時候聊天說話是很正常的，睡覺當然也是其中一項消遣，考試的時候偷看隔壁女生的答案，沒考試的時候一天到晚無聊捉弄女生。

說到這個，我就要講一下，伯安跟育佐捉弄女生的方式我比較不能接受，因爲他們都太過分了。

伯安曾經在女生的桌子左上角放一隻蟑螂，那隻蟑螂是活的，只是用了扁圖釘釘起來讓牠不能跑掉。結果那個女生尖叫半聲就昏倒了，因爲她超級怕蟑螂的。

育佐最過分的是，有一次體育課上到一半下雨，瞬間變成泡水課，全班在司令台暫時躲雨，他跟伯安兩個人不知道去哪裡抓到一隻好大的螳螂，他想試試螳螂的威力，就把牠放在一個女生脖子後方的領子上，結果那個女生嚇了一跳，反手一拍，螳螂沒打到，反而被受到驚嚇的螳螂抓傷。

我做過最過分的，大概就是趁著午休，在學藝股長的頭髮上輕輕畫上白色水彩。

其實當時我不覺得我很過分，因爲我在某一天聽到她跟其他女生聊天，說如果能把其中一搓頭髮染成白色，那一定非常好看，所以我只是幫幫她的忙罷了。我還特地去買了小枝的軟毛水彩筆跟白色水性水彩，這樣一來，如果她不喜歡自己的新造型，還可以馬上洗掉。

學藝股長叫作張怡淳，她是我這輩子看過，第一個穿黑色內衣的女生，那時候浮現在我腦海裡的第一個念頭是，她的內褲一定也是黑色的。

現在想想也很奇怪，爲什麼我會聯想到「內褲也是黑色的」？

我眞的很無聊。

那天午休過後，我在教室裡聽見她在走廊上大哭，摸著自己的頭髮尖叫：「我的天啊！爲什麼會這樣？」我走到她旁邊跟她說，那是我幫她染的，而且用的是水性水彩，水一沖就可以洗掉了。

然後我被狠狠地甩了一巴掌，幹！好痛的一巴掌。

那一巴掌疼痛的程度，讓我在很多年之後再遇到張怡淳時，還能感覺到那陣痛覺。

在那之後，不知道爲什麼，沒有理由的國中三年級，沒有理由的高中聯考，沒有理由的夏天，沒有理由的熱到一個極點，沒有理由地在某天放學後，木棉花沒有理由地飄散了一地的學校中庭，下課的鐘聲沒有理由地還噹噹噹地響著，育佐沒有理由地說了一句話：「幹，我們都已經不再是孩子了。」

我承認，我聽完那句話的當下覺得非常怪。

在「我們都已經不再是孩子了」這句話前面加一個「幹」字，聽起來，感覺我們都還是孩子啊！

然後伯安接了一句「幹，你說的對」之後，突然間，不知道爲什麼，我就不覺得那句話怪了。

儘管那時候的我可能還不了解爲什麼育佐會這麼說，也不知道爲什麼伯安會附和，我還是不自覺地有一股認同感。

然後像是生命突然間給我們下了一個魔法一樣，「我們都已經不再是孩子了」這句話像是一顆種子，在我們心裡面的某個角落著土，然後慢慢地發芽，從即將面臨高中聯考的那一年夏天開始，慢慢地長成一棵大樹。

會長成什麼樣的大樹呢？我們也不知道。

眞的覺得自己已經不再是孩子了的時候，就不應該再把自己當成一株小草了吧？心裡的樹開始成長、成長，而我們三個，不在天堂，也不在地獄。

我們，沒有選擇。

大家都再也不是孩子的時候，回頭看看我們還是孩子的那時，留下了什麼？

## 03

「你們不覺得，每一件事都是註定的嗎？」有一天，伯安這麼問。

他會這麼問，或是他會這麼覺得，一定有他的道理。至於是什麼道理？嗯，天知道。

「就像我今天本來已經下定決心要認眞念書了，而且也決定一定要認眞去補習了，結果呢？」話說到一半，他指了指外面的天氣，「你看看，這麼黑的天，這麼大的雨，這是要我們怎麼去補習？這是要我怎麼認眞念書？」說完，他繼續打他的撞球。

對了，我們三個在打撞球。

說得更清楚一點就是，我們三個，在應該到老師家參加課後輔導的星期五放學後，在我們學校附近的撞球間打撞球。

那是個還沒有「週休二日」的年代，自然也就沒有所謂的「黑皮佛萊碟耐特」，就是Happy Friday night。而且星期六還要上半天課，星期六下午跟星期天整天，都要到老師家去課後輔導。

我們長大之後，才知道那些老師自辦的課後輔導其實是違法的，因爲老師向我們收

「課輔費」，我還記得每個人一學期收三千塊，跟學校的學費差不多，我們班有五十個人，老師一學期便多賺了十五萬。

也就是因為這樣，我曾經想過，有機會的話，應該多念一點書，然後到學校去當老師，不但每年都有寒暑假可放，而且還能幫學生補習，一學期多賺十五萬，這是多麼開心的工作啊！

但是當我有一天在學校後門那間名叫「金好吃豆花」的豆花店前，看見一個老師被一群穿著制服的學生圍毆，我就打消當老師的念頭了。

最後是我去打公共電話報警的，我相信如果我沒報警，那個老師會被打得更慘。學生圍毆老師時，一堆人在路邊看，根本沒人去阻止或是幫忙，十幾個學生打一個老師，連豆花店的老闆都只是在門口觀望。

話題扯遠了，回到自辦課後輔導的老師身上。儘管大家都知道那是違法的，但從來沒有人去檢舉。

為什麼？

家長為了讓學生的成績更好，怎麼會去檢舉？

學校主任或是校長為了讓學校的排名跟名聲更好，更不會去檢舉。

嗯，我們沒得選擇。

「所以你到底是在說註定什麼?」我看著伯安,疑惑地問。

「註定今天下大雨,註定我們沒辦法去補習,註定我們要來打撞球,也註定我們都要明天再開始努力認眞念書啊。」

「你眞的很會屁,這個都能屁。」育佐一邊瞄準桌上的七號球,一邊瞄了屁話一堆的伯安一眼。

「不然你說啊,如果今天沒下雨,我們是不是就在老師家認眞念書了?」

「我們也可以淋雨去老師家啊,爲什麼一定要停下來撞球?」育佐用力地撞了一下七號球,但是沒進。

「欸!事情就是這麼巧!就那麼剛好,我去子謙家找他的時候,你就剛好在他家樓下等他一起上課,註定我們今天三個要一起去補習,然後註定我們在騎到撞球間門口的時候變天,下起了大雨,所以我們註定要進來打撞球!」伯安還在瞎扯。

「聽你放屁,變天下雨的時候,我們明明就還沒到撞球間。」輪到我打七號球,但我也打歪了,球在洞口彈了兩下又跑出來。

「所以老天爺註定要我們進來打撞球啊!」伯安還在硬拗。

「隨你講啦!啊你到底是打不打?」育佐指著洞口附近的七號球,催促他快點打。

這時伯安笑了一笑,好像是他講贏了,一臉很滿足的樣子。

當他彎下身準備打球時，剛好隔壁桌在打球的女生也同時要彎身，結果兩個人的屁股撞了一下，女孩子哎唷地叫了一聲。

「抱歉，不好意思。妳先打。」伯安轉頭道歉，禮貌地讓出空間，請她先打。

「沒關係，你先好了。」那女孩臉上沒什麼表情，語氣冷冷的。

「沒關係沒關係，妳先，我要瞄比較久，這樣妳會等很久，所以妳先。」

「喔。」那個女生應了一聲，然後彎下身，沒幾秒鐘就把球撞出去，沒進。

女孩打完了之後，很快地讓出空間給伯安，伯安瞄了一會兒，終於把七號球打進去。然後他一臉驕傲地走到我跟育佐旁邊，「我說的果然沒錯，一切都是註定的，就連剛剛撞到她的屁股都是註定的。那個女生的屁股眞有彈性，撞得我連心都晃了兩下，而且我剛剛跟她面對面的時候，聞到她的味道，喔！那香水味眞香！」伯安一臉陶醉。

「你小聲一點啦，人家會聽到。」我連忙阻止他那張大嘴巴。

伯安轉頭看了看那個女孩，那女孩也正好看向伯安，她好像聽到他剛剛說的話，轉頭跟陪她一起打球的人說了幾句話。陪她打球的也是一個女孩子，體型比較胖。

「聽到又不會怎樣，我又沒說她什麼，我是在誇獎她耶。」伯安說。

「我聽不出來那是誇獎。」我說。

「我也聽不出來那是誇獎。」育佐說。

「我眞的是在誇獎啦！」伯安狡辯。

我跟育佐兩個人很用力地搖頭。

正當我們想繼續吐槽伯安時，那個女生走到我們旁邊，看著伯安，然後說了一句：

「你剛剛說我屁股怎樣？」

我跟育佐看著伯安，心裡覺得有些不對勁。伯安各看了我們兩個一眼，然後對著那個女生說：「妳的屁股很有彈性。」

「所以你剛剛是故意撞我的囉？」

「不是。」

「不是？」

「對，不是，而且我馬上就跟妳道歉了。」

「我管你有沒有道歉，我就是覺得你剛剛擺明是故意的。」

「不然妳想怎樣？」伯安的表情變了。

「我的屁股很有彈性是吧？」那個女生臉上表情也變了，把剛剛的話重複了一次。

「對！非常有彈……」伯安的話正要衝口而出，馬上被育佐擋下。

「同學，不好意思，他講話比較賤，如果妳覺得不舒服，我跟妳道歉。」育佐的英雄主義發作了，他認爲這時候應該是英雄跳出來解決問題的時候了。他用手擋著伯安，看著那個女生，笑著圓場。

這時我發現跟她一起打球的胖女孩已經不見了，心裡有不好的預感。

「你道個屁歉啊？我跟他的事，跟你有什麼關係？」這女生突然大聲了起來，指著育佐的鼻子罵。

「媽的妳是在凶什麼？」伯安眞的不爽了。

「同學，妳有話好好講，不用這麼凶吧？」我對著她說。

「誰是你同學？你們這些死國中生！」她的眼神發狠地看著我。

正當我們想接話的時候，她搶先開口：「我再問你一次！」她把指著育佐的手轉了一轉，指著伯安，操著很差的語氣問：「你剛剛是不是故意撞我的屁股？」

「就已經說不是了，妳是聽不懂喔？」伯安壓著聲音，低沉地說。

「你剛剛是不是故意吃我豆腐？」

伯安聽了噗嗤一笑，「拜託！妳會不會太……」話沒講完，育佐又堵住伯安的嘴。

「同學，我跟妳道歉，撞到妳不好意思，他不是故意的，沒有吃豆腐的意思。」育佐依然好聲好氣地說。

「沒你的事啦！」那女孩對育佐大聲喝斥。

「幹！育佐，你是在跟她道個屁歉？」伯安把育佐推到身後，「我朋友跟妳道歉，妳對他大小聲是怎樣?妳以爲是女生就沒人敢凶妳是不是?妳要找麻煩是不是?妳想怎樣啦!」伯安指著那個女生。

只見那個女生一臉快氣炸的樣子,撂下了話,「你們三個有種別走!」然後就往撞球間外面走。

說也奇怪,這時雨變小了,天也沒那麼黑了。

那個女生才剛離開,撞球間老闆娘就走過來了,「你們幾個死孩子不知死活,她哥哥是流氓耶!你們還敢跟她吵架。她家就在這條路上,現在一定是回家去找她哥哥了,等一下至少會有十幾個人來,你們最好趕快走,不然等一下一定會被打。」這番話聽得我們三個面面相覷。

「要不要先走?」我開口。

「幹嘛走?」伯安還是一臉氣憤。

「爲什麼不走?老闆娘都已經跟我們說得那麼清楚了。」我心裡有點害怕,也難以掩飾我的擔心。

「怕什麼?流氓就流氓,我看多了啦!我爸的朋友哪一個不是流氓?現在走了就是癟三!就是沒種!我不想當癟三!」伯安一屁股坐到撞球桌上,用腳踢開桌上的球,「我沒在怕的啦,媽的!有種來,敢動我我就找我爸!」

「育佐，不管了，我們把伯安拉走。」

這時育佐看了看伯安，「要就現在走，我覺得再慢我們都會走不了！」

伯安轉頭看著育佐，「剛剛你跟她道歉，她對你的態度讓我很不爽，我沒辦法看朋友被欺負，我一定要討回來。而且我根本不是故意撞到她的，她擺明了是在找碴，當我三歲小孩怕壞人喔？幹！沒在怕的啦！」

聽完伯安的話，我沒等育佐反應，直接伸手架住伯安的肩膀，用力把他從撞球桌上拉下來，「不管你怕不怕，我們必須快點走，不然等等一定會很慘！」

伯安生氣地甩開我的手，「幹！陸子謙，你會怕你就先走，不要拖著我一起！」

「媽的你白癡喔！最好是我們三個能打十幾個啦！」我也生氣了。

「所以看你是要留下來三個打十幾個，還是我跟育佐兩個打十幾個，你自己選！」伯安說。

我突然覺得這跟老師說的「天堂跟地獄」的選擇沒兩樣。

但其實，沒得選擇。

伯安這麼說，我不知道該怎麼回應他。

育佐倒是回頭看了我一眼，從他的眼神，我知道他是幫定伯安了。

從小到大，我不是沒打過架，只是那些打架都不像是打架，小學生的打架跟玩樂差不多，抓抓臉踢踢肚子然後抱著對方在地上打滾就已經算是打得很精彩了。但是上國中之後就不一樣了，動不動就聽到放牛班的誰誰誰跟誰誰誰在學校後面的巷子裡拿刀互砍，或是某同學在外面惹到某大哥，結果某大哥找了幾十個人等在學校門口，就是爲了要海扁某同學一頓。

本來小時候的赤手空拳，才上國中就變成拿椅子直接往頭上或是臉上摔，或是拿球棒朝小腿或脊椎打，又或是拿著刀子往手上或是腰上砍，那有多痛我不知道，但我知道，這種打法，通常不會有什麼好結果。

是啊，通常都沒什麼好結果。

既然知道沒什麼好結果，爲什麼還要打架呢？

男生嘛，是混合了原始獸性與幼稚個性所組成的生物，那年少不懂事的日子，很多不該發生的事會發生，就是因爲賭那口氣吧。

伯安賭被欺負嚥不下的那口氣。

我賭走了就是沒跟朋友兄弟同進退的那口氣。

育佐呢？嗯，就是英雄主義。

當我們遠遠地看見那個女生帶著十幾個人，騎著摩托車，手上都是棍子跟球棒時，育佐突然笑了出來。

我跟伯安正覺得奇怪，育佐回頭笑著對我們說：「幹！我現在才感覺到怕，已經來不及了吧？」

對，育佐，已經來不及了。

04

「我們三個一定打不過十幾個。」那些人還沒走進撞球間之前，育佐說話的聲音已經有點顫抖。

「媽的，我剛剛就說過一定打不過的，死不聽！」我也開始覺得自己渾身發抖。

伯安大概是感覺到我們聲音裡的害怕吧，「所以，既然知道打不贏，我們至少要讓那個老大倒下去。」

像是一個承諾、一種默契，在那一剎那間，我們得到這個共識。

「對！要讓那個老大倒下去。」我心裡一直這麼想，而且也已經打算這麼做。

那是我人生最長的幾分鐘。

我記得國小畢業旅行時，班上家裡最有錢的那個同學帶了四台掌上型電玩。那是個還沒有Game Boy的年代，掌上型電玩還不夠先進，沒發展到可以只帶主機，用卡閘來更換遊戲的方式。所以他帶了四台電玩，每一台的遊戲都不一樣。

畢業旅行一共三天兩夜，路程會繞台灣一圈。才從高雄出發，我就跟他說要借其中一台來玩，他看著我說好，卻把手裡的電玩交給其他同學。

「陸子謙，你是下一個，他玩完就換你。」我記得他是這麼說的。

然後車子開到台中吃午飯，我找他拿電玩，他看著我說好，卻又把手上的電玩交給另一個同學，「他早你一步跟我借了，你排在他後面，他玩完就換你。」我記得他是這麼說的。

然後車子開到新竹吃貢丸跟米粉，我找他拿電玩，他又看著我說好，然後一樣把手上的電玩交給另一個女同學，「你也知道我喜歡那個女生，所以我要先借她，你排在她後面，她玩完就換你。」我記得他是這麼說的。

然後車子開到第一天入住的飯店，我還記得那間飯店叫作香格里拉，號稱是四星級飯店，但裡面的床單有好幾個被菸燒破的洞，浴室裡浴缸上方的天花板有蜘蛛網，電視沒有遙控器就算了，連電視上的按鈕都剩不到幾顆。

我找他拿電玩，他說沒電了，要等明天去買水銀電池之後才能借我。

然後隔天，然後再隔天，一直到畢業旅行結束，車子已經開回高雄了，我都沒有玩到電玩。

我很生氣，但我又不能跟他翻臉，我怕翻臉之後，他更不會把電玩借給我。

於是我趁車子還沒開到學校，大家都在車上補眠的時候，把手伸進他的旅行背包裡，把其中一台電玩帶回家。

「你為什麼有電動玩具？」那天晚上，我躲在房間裡面偷玩，媽媽應該是聽到電玩那咻咻咻碰碰碰的電玩配音，才會走進我的房間。媽媽看了我一眼，瞥見我手上的玩意兒，很疑惑地問我。

「那個誰誰誰借我的。」抱歉，我忘了那個同學的名字，而且還撒了謊。

「這麼貴的東西，人家怎麼可能會借你？」

「眞的就是他借我的嘛。」我硬是不承認地狡辯著。

這個謊言沒有持續太久，很快就被拆穿了。

其實要拆穿這種謊言一點也不難，只要拿起班級通訊錄，再撥通詢問電話過去就會眞相大白。

當天晚上，我被媽媽狠狠地打了一頓。只不過幾分鐘的時間而已，我身上就已經遍佈一條一條藤條鞭打的痕跡。我的臉上都是鼻涕跟眼淚，視線模糊到什麼都看不清楚，從我房間的大鏡子中看見自己的反射：我的頭髮凌亂，我的鼻涕牽絲流到胸前的衣服跟大腿上，媽媽打得我不停地跳來跳去，甚至我都衝到客廳，躲到沙發後面大喊著「不敢了、不敢了」，她還是一鞭一鞭地往我的身體、屁股還有大腿抽下來。

我以為那是我人生中最長的幾分鐘，但很快的，不再是了。

從那個女的帶著她哥哥從撞球間外面走進來的那一秒鐘開始算，那眞的是我人生最長的幾分鐘。

她跟在她哥哥後面，而她的後面又有十幾個人。

那個看起來真的很流氓的大哥叼著菸、嚼著檳榔走進來，撞球間老闆娘很緊張地走到他旁邊說：「拜託啦，別在裡面打，我還要做生意，要打去外面打，拜託啦。」

我不知道他有沒有聽到老闆娘說話，我只看見他的視線一直盯著我們三個看，而且腳下毫不停頓地一路走到我們三個前面，跟著他的十幾個人一字排開，完全佔滿了我們的視線。

外面的雨真的停了。

「哪一個？」女生的哥哥張開沾了滿口檳榔紅渣的嘴巴，鼻孔裡噴著煙，操著台語問。

「就是他！」那個女生指著伯安。

「少年仔，我妹你也敢動？」他轉頭看著伯安。

「我沒有動你妹，是不小心撞到她，而且我馬上道歉了。」伯安解釋。

「但是我聽到的不是那樣耶？我妹說你吃她豆腐喔。」

「比起吃她豆腐，我寧願去吃大便。」伯安冷冷地說。

「幹你媽的是在說三小！」他話才剛說完，就一腳踢在伯安的肚子上。

「至少要讓老大倒下去！」伯安的話在我心裡旋繞著。

從他們一走進撞球間就被我緊緊握在手上的球桿，在伯安被踢的那一瞬間，一棒打在那個大哥頭上，而且是用桿後較粗的那一端。

我只聽到一聲清脆的聲音，感覺自己手上的球桿好像打破了什麼一樣，隨即看到大哥抱著頭蹲在地上大叫，紅色的血從他指縫中流出，而育佐立刻一腳從他頭上踢下去。

他旁邊的人立刻圍上來狂毆我們三個。

場面很混亂，眼睛根本睜不開，我們的眼鏡早就掉在地上被踩爛了，顧不得什麼都看不清楚，一邊抱著頭，一邊把人撞開，忍受著每秒鐘好幾拳好幾棍打在身上的疼痛，其實有幾度眞的快站不住，我們一直被打，一路退到廁所旁邊的樓梯下方，那是老闆娘放瓶裝汽水的地方。我從箱子裡拿了幾瓶飲料往對方身上砸，在一片混亂中，我看見育佐拿著球狂烈地猛砸在另一個人臉上，而我便趁機會拉起伯安往撞球間的後門跑。

撞球間的後門通向一條非常狹窄的水溝巷，我跑在最前面，伯安第二，而我看見育佐時，他還回頭去頂住撞球間的後門。

又跑過幾條巷子，我已經跑不動了，同時開始感覺身上的痛處愈來愈多，痛覺愈來愈劇烈。我回頭看了看伯安，他捧著肚子用力地跑著，我再把視線往後看。

沒看見育佐。

「幹！」我大聲罵了出來，並著急地拉著伯安，「育佐沒跟來啦！」

「回去救他！」伯安在路邊人家的門口拿了一根掃把，回頭就跑。

我也拿了一支鋁製畚箕，跟在伯安後面。

我們順著原路往回跑，在第一個轉彎的地方看見育佐，他被人壓在地上猛打。伯安用力地把手上的掃把丟向那些人，他們很快地閃開，我也把畚箕甩到那群人裡面，然後跑到育佐旁邊，把他拉起來，「我……啊……啊……很痛啊！」育佐表情痛苦地喊著。

他的背都是紅色的，他的手上有一條很長的刀傷。

「幹你娘的十幾個打三個算什麼？有種跟我單挑！」伯安撿起地上的掃把，大聲說著。

然後我只聽到「挑你媽啦」四個字，就感覺有一股刺痛感筆直地從我的額頭往腦袋裡面鑽。

他們拿撞球要丟伯安，但是丟不準，反而砸到旁邊的我。

那一刻，我覺得右眼上方有東西流下來，蓋住我的視線，臉有點熱熱癢癢的，用手一摸，是濕的，我馬上知道事情不妙了。

接著他們又開始動手，幾個人圍毆伯安，幾個人圍毆我，幾個人繼續踹已經躺在地上的育佐。

不知道過了多久，我聽見哨子的聲音，還有人大喊「你們在幹什麼」的聲音，已經趴在地上的我從幾雙腳的縫隙中看見好幾個警察跑過來，那些挨拳頭棍子的感覺就停了，隨之而來的是一陣又一陣的痛覺，還有很多人跑給警察追的聲音。

我們三個在地上躺了一下子，有個阿姨走到我們旁邊，說：「你們別亂動，我已經叫救護車了，你們忍耐一下。」

那當下，我連說謝謝的力氣也沒有，只感覺到身體每一個地方都在抽痛，臉上也都是血。

「那個老大……倒了沒？」過了一下子，我聽見伯安這麼問。

「應該吧……」我硬是擠了幾個字給他。

那是我第一次搭救護車，我記得我在救護車上差點就哭了出來。

一個男護士問我電話，說要幫我叫父母來醫院。我搖搖頭，說不用，其實心裡想的是，我根本不知道該怎麼面對爸爸跟媽媽。

我斷了兩顆牙齒，都是在後排的，臉腫得跟含著小籠包沒吞下去一樣地腫，再加上右眼上方的額頭破了，除此之外，沒什麼大礙，不過身上很多地方都被球棒跟棍子打到腫脹瘀血，要一段時間才會消腫。

伯安的狀況跟我差不多，只是他的頭沒破罷了。

最慘的是育佐，可憐的英雄主義。

我還記得警察在醫院問我們話的時候，育佐一句話都說不出來，醫生說他的狀況比較嚴重，身上有很多地方要檢查，所以不適合做筆錄，然後就把他連病床一起拉走了。

我們根本就沒料想到育佐的傷會有多嚴重，直到我們看見汪媽媽跟汪爸爸很著急地跑到醫院來，聽醫生講沒兩句，汪媽媽就哭倒在汪爸爸懷裡，那時我跟伯安才知道事情大條了。

育佐的左手斷了，肋骨裂了三根，左手無名指跟食指也斷了。他的背縫了十六針，右手也縫了十六針。

白色的制服變成紅色的，白色的眼眶也變成紅色的。

育佐的媽媽很心疼地看著自己的孩子，而育佐的表情痛苦地糾結著。

他的額頭都是汗，他的臉上都是水。

他在哭，也在忍。

只是那當下，我分不出他到底是在忍著痛，還是忍著心裡的恐懼呢？

穿過肉的針和線在一條深紅色的開口上來回穿梭，我到現在還記得那針的樣子，是半弧形的。

後來我們曾經討論過，如果那天沒有跑掉的話，我們會怎麼樣？

但是沉默了很久，沒有人說話。

我想，我們那當下都知道，如果沒有跑掉，我們一定會怎麼樣。

但我們其實都更清楚，如果沒有育佐擋著撞球間的後門，如果警察沒有碰巧出現在轉角，我們三個，可能會被打到殘廢。

這樣。

當天，伯安的爸爸來醫院看他時，臉上的表情非常猙獰恐怖。伯安跟我說他爸爸很生氣，我說看得出來。

過沒幾天，就有警察帶著毆打我們的流氓跟他妹妹到我家來道歉，他們買了很多補品跟水果，還奉上一疊鈔票。

當然他們不只到我家道歉，同樣也去了育佐家跟伯安家。

我後來一直說伯安的爸爸是黑道大哥，伯安還是不承認，「要我說幾次？我爸是生意人！」他總是這麼說。

我們因爲在校外打架各被記了兩支大過，又因爲蹺掉了課後輔導，被老師用「行爲不檢」的罪名記了兩支警告。這些都是我們回學校之後才知道的，在那之前，我跟伯安在家裡休息了一個星期沒去上課。而育佐則休息了一個多月，他來學校的時候，手上還打著石膏。

「要多久才能拆石膏？」伯安問他。

「不知道，醫生說要看復原跟復健的狀況。」

「育佐，對不起。」

「幹嘛對不起？」

「如果我聽子謙的話，趕快離開那裡，你就不會這樣了。」他指著育佐的石膏。

育佐看了看伯安，然後笑著說：「我沒辦法跟你說沒關係，但是不要有下一次了，拜託。」

聽完，我跟伯安笑了出來，「幹！下一次叫伯安殿後，我們先跑。」我說。

幾個月之後，育佐的石膏拿掉了。手的活動跟以前沒什麼兩樣，但他說斷掉的那兩根手指頭沒以前靈活。

長大之後，偶爾想起這件事，還是會覺得當年眞的很幼稚。

因爲我們眞的覺得，倒下的不是那個老大，而是我們的青春。

倒下的不是那個老大，而是我們的青春。

# 等待

當你等待等得多了，你就會變得很擅長等待。

就好像包水餃一樣，當你包得多了，你就變成包水餃高手。

然後你就會發現哪些水餃餡料是比較好包的，
哪些則需要一些技術跟巧手才能包得漂亮。

就像哪些人值得等待，
哪些人該怎麼等待。

又或者哪些人你再怎麼等，
永遠也等不到。

05

每個人的人生裡，都會上演幾部重頭戲，不過並不是每個人的重頭戲都一樣。有些人的重頭戲只影響了自己，有些則影響了家人朋友，而更巨大的，就是影響了成千上萬的人。

但不管影響了多少，你的重頭戲裡的主角，永遠都只有你自己。

別說你不會演戲，在重頭戲開場的那當下，你演得可精彩了。或許你正懷疑著我說的這些話，不過在你懷疑的同時，請你仔細地想一想，或是回頭看來時路，那些你人生當中的重要時刻，你的表現如何？

我說眞的，就算那當下你選擇了逃避，你也把逃避演得非常出色。

那一場架，我們沒選擇逃避，雖然被打得很慘，但這場人生的重頭戲，我們演得很認眞。有時候看到育佐手上的那條傷疤，或是在鏡子裡看見自己右眼上方那個有些黑色素沉澱的疤，我都不禁思考，那場戲到底影響了多少人呢？

是打架的所有人？

還是參與的所有人？包括那個撞球間的老闆娘，還有那個打電話叫救護車的阿姨。

還影響了其他跟這場架根本不相干的人？

還是只影響了我們三個？

事情沒有發生之前，人永遠不會知道事情會如何發展。我的疑問，要經過多少年的流轉，才會得到答案呢？我也不知道。

接下來的高中聯考是我們人生的另一部重頭戲。

不在天堂也不在地獄的我們，考上了不在天堂也不在地獄的學校。人生在這個時候變得挺公平的，你有多少實力就考上什麼樣的學校，聯考制度並不會讓一些白癡去念雄中雄女或是建中附中，也不會讓一些天才去念那些錄取分數連十五的平方都不到的爛學校。

不過也有例外，就是那些花大錢買槍手進考場替他們作弊的人。

別以爲我在騙你，年年都有找槍手進考場的人，而且碰巧我們班上就有一個。

他叫陳一朋，班上的同學都叫他小朋。他是個有錢人家的孩子，爸爸是個有錢老闆，媽媽是標準貴婦。聽小朋說，他媽媽有三百多雙鞋子、擺滿四個化妝品櫃的化妝品、裝滿六個大衣櫥的衣服，還有兩部車。

「三百多雙鞋子？」我們第一次聽到小朋的描述時，個個都不可思議地瞪大了雙眼。

「對呀，」他的表情跟語氣都很稀鬆平常，跟我們臉上的驚嚇狀有很大的反差。「有很多鞋子她根本就沒穿過，等到過年了，就會送個幾十雙給別人，那時候她的鞋子最少，大概剩下兩百多雙，不過通常連夏天都還沒過完，我媽的鞋子數量就會又補到三百多雙。」

「哇靠！你媽是蜈蚣喔？」伯安歪著嘴巴問。

「拜託！」育佐搭腔了，「蜈蚣也沒那麼多隻腳好不好。」

「哎呀，你們太大驚小怪了，我媽有很多朋友都比她還誇張，像是那個老公是紡織廠老闆的何媽媽，她……」

「夠了夠了，」我打斷了小朋，「你別再說了，那離我們太遙遠。」

我們相信小朋絕對不是在吹牛，因爲我們去過他位在高雄圓山大飯店附近、買了一塊地自己蓋上別墅的住家，那房子非常的富麗堂皇，這樣。我們時常看見他搭乘很高級的賓士車到學校上課，他腳上穿的鞋子永遠都是Nike的最新款，我們每天的零用錢是五十元左右，而他每天的零用錢是我們的二十倍。

雖然班上同學叫他小朋，但我們都叫他小明，因爲他很喜歡在下課時找我們三個講笑話，每個笑話裡一定都會有一個叫作「小明」的角色，所以我們就這麼叫他。

小明講笑話的特點並不是他的笑話好笑，而是他常常會忘了小明以外的角色叫什麼名字。

不太了解嗎？我來舉個例子你們就知道了。

「有一天，小華走在路上，打算去買幾瓶果汁。」小明說。

「嗯。」我、伯安、育佐三個人點點頭。

「然後他從商店裡面出來，看見小明跟他媽媽。」

「嗯。」

「然後小強跑過去，拿了其中一瓶果汁給小明。」

「等等……」育佐打斷小明的話，「這個小強是哪兒來的？」

「買果汁那個啊。」小明說。

「買果汁的是小華啊！」伯安跟我異口同聲。

「哪有？明明就是小強。」小明狡辯著。

「你剛剛明明就說是小華。」我說。

「是小強啦，哪裡來的小華？」

這時我們三個互看了一眼，「好好好，小強，小強買果汁。」我們無奈地順從了他。

「我要繼續說囉？」

「好，你繼續。」我們點點頭。

「然後小明的媽媽跟小明說，『小明啊，人家拿果汁請你喝，你要說什麼啊？』」

「就說『謝謝』啊。」伯安很自然地說了出來。

「不對。」小明搖搖頭。

「不對？不然是啥？」我們一臉疑問。

「這時候小明看了媽媽一眼，然後轉頭跟小華說，『吸管呢？』你們說好不好笑？哇哈哈！哇哈哈！哇哈哈！」

講完笑話之後，他一個人哈哈大笑地轉頭離開，我們三個則在原地面面相覷，心裡想著到底是小強買了果汁？還是小華買了果汁？

雖然他講笑話的功力有待加強，不過他倒是講過一個我覺得很讚的故事。

「有一天我聽到我爸跟別人在聊天，那個人問我爸說，你的事業這麼成功，經濟富裕，要什麼有什麼，這輩子應該沒有遺憾了吧？我爸說每個人都會有遺憾的。那個人就問我爸，那你的遺憾是什麼呢？我爸回答說，娶了我老婆……」

小明算是個滿好相處的人，但是他的頭腦好像不太好，在班上成績永遠是倒數第一或第二名，卻因爲家裡有錢，再加上爸媽的背景非同小可，所以一直靠關係留在A⁻班。

你問他「X加Y等於十五，又X等於六，那Y等於多少」這種簡單到靠北邊的題目，他會搖頭跟你說不知道，還一邊傻笑給你看。

有一次班上考歷史月考，伯安因爲早餐吃太飽，所以趴在考試卷上面睡覺，直到鐘響前十分鐘才被老師叫醒開始作答，結果他考了四十七分。

而小明呢？抱歉，幾分我忘記了，但他考得比伯安還差。

結果呢？他高中聯考成績特別優異，上了師大附中。

老師很意外，班上同學更意外。放榜當天，我們三個回學校看榜單，在師大附中的錄取名單上看見小明的名字時，我們三個的下巴當場掉下來。

「這……印錯了吧？」伯安滿臉懷疑。

「同名同姓吧？」我也不敢相信。

「別這樣，說不定是他隱藏實力隱藏了這麼久。」育佐說出一個令人難以認同的揣測。

我們多麼希望育佐說的是眞的，如果眞是這樣，那會是多麼酷的一件事啊！一個國中生，三年來在課業上從來沒有任何突出的表現，而且成績還非常非常的爛，結果在聯考的時候居然高分考上第一志願！原來這三年他都在隱藏實力，學校的排名對他來說一點意義也沒有，只有在聯考的時候拿出實力才是眞的。

身爲他的同學，是多麼的與有榮焉，你看，多酷！酷到可以不用穿褲子了吧？

不過人活在世界上還是別想太多比較好，現實終究比較重要。升上高中一年不到，小明就離開附中了，他根本沒辦法跟附中的學生一較高下。於是他離開了台灣，被他爸爸送到國外念書。

出國之前，他還有來找我們講笑話，不過我們都比較關心他要去哪裡。他說他爸爸替他找了一間學校跟幾個保母，要把他送到美國去。

「哎呀，我知道我爸只是要我至少混個文憑或是沾點洋墨水，這樣比較不會丟他的臉而已啦。」小明說。

他最後一次跟我們講的笑話是什麼，我早就忘記了，或是根本沒在聽。

我只是在想，如果我也跟他一樣頭腦不太靈光，對念書又沒興趣，而家裡又沒有錢讓我出國的話，我能去哪裡呢？我有得選擇嗎？

其實不管小明的成績再爛，我們也沒什麼條件去嘲笑他，因爲我們自己也是馬馬虎虎、得過且過、低空飛過。

我們三個考上同一間高中，學校的名字就容我不做介紹了。因爲我們是壞學生，說出學校名字有損校譽。總之這間學校不在天堂，也不在地獄，好學生很多，壞學生也不少。

其實我的聯考成績比他們兩個好一點，但是我們說好要念同一間學校，所以我放棄了前一個志願。

我曾經想過，如果我沒放棄前一個志願，那我跟張怡淳的關係應該會好一點。

呃……我是說，應該、可能、大概、或許……會好一點。

因爲她考上的學校，就是我放棄的那一間。

其實我一直希望我跟妳的關係，好一點。

## 06

其實張怡淳的成績還算不錯，論實力，應該可以考上更好的學校。

後來從別人那裡聽說，歷史考卷一共有兩面，她只寫了一面，就這樣，總成績至少少了三十分。

爲此她崩潰大哭，原本設定至少要考上前三志願的，結果一差千里，因此她開始暴飲暴食，這麼一吃，就養成了暴食的習慣，聽跟她還算要好的同學說，她高一下學期的時候胖到將近七十公斤。我聽見「七十」這個數字時，第一個念頭竟然是「她應該穿不下那件黑色內衣了」。

伯安說我青春期進化不足，可能要重念國中；育佐則是對我的這個念頭表示嘉許，還豎起大拇指稱讚：「眞男人！」

國中時被張怡淳甩了巴掌之後，其實我曾經試圖跟她說說話，甚至是道歉。

不過女性一輩子有幾個時期，會讓她們原本就已經不太穩定的情緒變得更加難以捉摸，像是青春期或是更年期。

正値青春期的女性處於從女孩轉變成女人的階段，而正値更年期的女性則是從女人轉變成巫婆，這當中會轉變成什麼樣，她們自己也未必知道，所以根本沒有人能拿捏女人的脾氣轉折到底在哪裡。

所以，我沒什麼機會道歉，她總是給我臭臉看。

雖然說我們班的女孩子給我們臭臉看是很正常的事情，但是張怡淳給我看的臭臉卻是特別臭。

這話我不是亂說的，我可是有比較過。

當她去跟伯安收作業的時候，伯安會裝死，她遇到裝死的人就沒轍，所以臭臉指數大概五十％。

當她去跟育佐收作業的時候，因爲育佐會跟她講一些「妳有看到窗戶外面那隻鳥嗎？牠把我的作業叼走了，所以我需要多一節課的時間來寫」之類的廢話，所以她的臭臉指數大概是七十％。

當她去跟小明收作業的時候，因爲小明總是對著她傻笑，而且試圖用講笑話搪塞過去，以爲可以用笑話抵作業，所以她的臭臉指數也大概是七十％。

但是她跟我收作業就不一樣了。

「作業！」她每次都站在我的座位旁邊，像討債一樣，很嚴厲地開口。

「呃……能不能等一下，我……還差一點點沒寫完耶。」看看我的反應，我比伯安、育佐、小明他們都有禮貌多了吧？

「差一點點沒寫完？你便當為什麼不會差一點點沒吃完？」但沒料到，她的態度更凶了。

「便當不吃完成何體統？肚子很餓便當當然吃得完啊，而且我還在發育耶，大嬸。」一聽到「大嬸」兩個字她就爆發了，臭臉指數破表。

雖然她特別恨我，不過我還是覺得男生要有點風度，做錯了事，就要勇於道歉。所以我還是不停地想找機會，希望跟她說聲對不起。

但她完完全全沒有理我。有一次我還為了表示停戰示好，特別在課後輔導的時候，買了一碗豆花給她吃，結果她看了看豆花，說了一句「這豆花有毒」，就把我辛苦買來的「貢品」丟掉。

好幾次我都覺得，這個女生根本就是個混蛋，真不知道她在囂張什麼。育佐問我是不是喜歡她，我哈哈大笑了好幾聲，伯安說他覺得我根本不可能喜歡張怡淳這類型的女孩子，又凶又醜又沒氣質。

我非常贊同伯安對她的評論，說的真是一點也沒錯。

講到凶，她的脾氣真的差到一個不行，當學藝股長的時候動不動就大吼大叫，那雙大眼睛裡面，完全看不到一點女孩子應有的溫柔，要人家交作業像是在討債一樣，每次張口就是大吼「作業」，不然就「作業！作業！作業！作業！」地念個沒完，跟跳針沒兩樣，又或者會恐嚇般地威脅，「你再不交我就要跟老師說了喔！」媽的，晚交個幾節課是會死喔！

講到氣質，我曾經親眼看見她在音樂課下課的時候，跑到鋼琴前面坐下，開始彈奏垃圾車的主題曲《給愛麗絲》，我還眞的有那麼一下子覺得她有氣質，但事實證明，那只是我一時被蒙蔽了。有氣質？她有氣質才怪！正確來說，應該是鋼琴附近像是一個結界，能夠鎭住她的妖氣，離開鋼琴之後，她就變回魔鬼了。

她還眞以爲會彈個幾首鋼琴就是氣質型的女孩子了啊？眞是莫名其妙的天眞。看她吃便當，或是跟同學聊八卦的模樣，簡直就是個三八，一講到郭富城，就好像講到她老公一樣。有一次下課，我故意開玩笑地在教室裡面大喊「郭富城在走廊上」，結果她馬上跳起來看向窗外，還開心得花枝亂顫。她的鉛筆盒跟筆記本裡面有一大堆郭富城的照片跟貼紙，有夠花癡。

講到醜，她就眞的……嗯……她……欸……哎呀！反正她不是漂亮型的啦，那張臉也只有眼睛的部位能看而已，鼻子也只是普通挺而已，嘴巴就經常紅紅的，看起來像是塗了口紅，而且她常常在別人面前甩動她的頭髮，散發出來的味道很香……

咦？

好啦好啦，她算是個正妹啦，長得很不錯啦。

但那又怎樣呢？脾氣這麼差，還是零分啊！

總之，我就是覺得她莫名其妙！

被甩了那一巴掌之後，我一直耿耿於懷，想找個時間道歉也不行，換過很多方法想說對不起也不行，他媽的不行就不行，囂張個什麼勁？

要不是因爲畢業之後見面的機會會變少，甚至可能就此沒有見面的機會了，我才不想跟她道歉呢！

我問伯安：「喂，我想跟張怡淳道歉，要怎麼找機會？」

「啊？你要跟那隻火雞道歉？」伯安歪著臉問：「爲什麼啊？」

對了，因爲她平時眞的還滿凶的，就像一隻三不五時就發火嘎嘎叫的母雞，所以我們私下叫她火雞。

當然她還有暴龍、翼手龍、歪掉的雅典娜之類的外號，不過那已經不是重點了。

「因爲染頭髮事件，你忘了啊？」

「喔——」伯安拉著長音。

「給我一點建議，怎麼找機會？」

「很簡單啊，」伯安一派輕鬆地說，連眉毛都挑起來了，「走過去，拍拍她肩膀，她轉過來，在她還沒對你開火的時候快點說對不起，就這樣。」說完還拍了兩下手。

「幹！」我罵了出來，「一點建設性都沒有！」

於是我又跑去問育佐：「喂，我想跟張怡淳道歉，要怎麼找機會？」

「啊？你要跟那隻火雞道歉？」育佐歪著臉問：「爲什麼啊？」

「幹！爲什麼你的反應跟伯安一樣？」

「呃……啊……」育佐想了一想，「因爲火雞通常都是烤來吃的，沒看過有人要跟火雞道歉的。」

「因爲染頭髮事件……」我有點無力。

「喔！那件事喔！哇哈哈哈，那巴掌甩得眞是晴空萬里，響徹雲霄啊。」育佐很開心地說。

「跟晴空萬里有什麼關係？」

「沒什麼關係，只是響徹雲霄前面加個晴空萬里，說起來比較順而已。」

「……喂……我是很認眞的。」我一臉嚴肅。

育佐看了看我，收起了玩笑的態度，很正經地想了一想，「啊！我想到了！」他伸出右手食指，指著天花板，「走過去，拍拍她肩膀，她轉過來，在她還沒對你……喂！你別走啊，我還沒說完啊！」

靠他們兩個肯定一事無成，我只能自己想辦法。

但我總是不得其門而入，時間也一天一天過去，就這樣，一直到了畢業典禮當天，那或許是最後的機會了。

畢業典禮舉辦時，所有的畢業生都得坐在活動中心裡，但儘管身處同一個空間，天堂那一邊特別地安靜而且有秩序，地獄那邊則是玩起了丟可樂瓶、拿打火機燒別人椅子的遊戲。

不在天堂也不在地獄的我們，雖然沒有丟可樂瓶也沒燒椅子，但我們全身都是濕的，因爲在典禮之前，我們在玩猜拳，輸了就會被潑一盆水。

所以進活動中心的時候，我們三個人身上都在滴水，隔壁班認識的同學問：「你們這是怎麼了？怎麼全身濕答答？」育佐的廢話性格發作，回答說：「別靠近我們，這是尿。」然後我們附近就瞬間淨空了。

因爲布鞋濕了，所以走路時都有「湊湊湊湊」的聲音。伯安的鞋子是Nike的，有氣墊在下面，但是氣墊好像破了，所以他走路除了「湊湊湊湊」之外，還有「噗咻」。

訓導主任看到我們，那眼神像是要冒火一樣，但當他看到我們胸前口袋上方別著「畢業生」三個字，大概一時間覺得不知道該說什麼，只好對我們搖搖頭。

畢業的離別感傷情緒並沒有在我們班上渲染開來，因爲我們恨不得趕快離開國中。

但其實心裡又很明白，高中跟國中的生活是一樣的，差別只在年紀跟念的書不同罷了。所以我們很矛盾、很尷尬，但又必須在矛盾當中找方向，在尷尬當中找快樂，不然日子不好過。

我們的國中校長很厲害，他應該是我這輩子見過最強的催眠師，他不只在上台說話的時候能瞬間催眠許多人，最厲害的是，當他的演說一結束，所有睡覺的人都會立刻醒過來，並且非常用力地鼓掌。

金氏世界紀錄應該到我們學校來測試一下校長才對，看他能在同一時間讓多少人睡著，我有信心他會拿到「史上最強催眠師」的獎狀。

我在校長把畢業典禮變成一場打瞌睡競賽的時候寫了一張紙條給張怡淳，要她在典禮結束之後，到活動中心後面的那棵大樹下。但是她一下子就把紙條傳回來。

「沒空！」

紙條上這麼寫著，那個驚嘆號還特別用筆塗得又粗又黑。

「我只想跟妳說些話，一分鐘就好了。」我回傳。

「你可以現在用寫的！」很快地，紙條又傳回來了，那個驚嘆號比上一個要小一點。

「我覺得用說的比較有成意。」我回傳。

「並不會，其實都一樣。」她這次沒用驚嘆號了。

「既然都一樣，那讓我用說的吧。」我回傳，而且我發現我上一句「誠意」的「誠」字寫錯了。

「你很煩！」又來了，又大又粗又黑的驚嘆號。

「就這麼說定囉，典禮結束後，活動中心後面的大樹下，我等妳。」我回傳。

這次她沒有回話，我在傳回來的紙條上看見一個大叉叉，她把我上一句話給畫掉了。

「喂！大叉叉是什麼意思？」我回傳。

這次她又沒回話，而且連叉叉都沒有。

「我不管喔，我會在那邊等妳喔。」我回傳。

她愈來愈不給面子了，這次居然連紙條也不傳回來。

過了好一會兒，我等得有點急，便轉頭看向張怡淳的位置。

幹，她睡著了。

這世上絕大多數的校長都身懷催眠絕技。

# 07

我這輩子只等過三個女人。

第一個是我媽，第二個是張怡淳，第三個是許媛秀，她是我二十二歲那年喜歡的女孩子，我跟她曾經是男女朋友……嗯……一下子，時間很短，短得大概就像你一個不小心沒注意就過了一樣那麼短。

像是一場睡眠，或是一場白日夢，或許有比這個再久一點吧？唉，我也不知道，甚至我根本不是那麼確定我到底有沒有跟她成爲男女朋友，事後想一想，我跟她「在一起」的時候，似乎都在等待。

而人的等待，好像會因爲年紀的增長而有變化吧。

至少對我來說是這樣。

我說的等待是那種眞的很認眞、全心全意的等待，不是在某某人家樓下等他一起出門逛街，或是在便利商店門口等還在買東西拿發票的朋友出來的那種。

會等我媽是因爲她答應帶我去百貨公司；會等張怡淳是爲了要跟她說一聲對不起；而許媛秀是讓我等得最痛苦的一個，因爲我在等她給我一點點愛，眞的，只要一點點就可以了。

當你等待等得多了，你就會變得很擅長等待。就好像包水餃一樣，當你包得多了，你就變成包水餃高手。

然後你就會發現哪些水餃餡料是比較好包的，哪些則需要一些技術跟巧手才能包得漂亮。

就像哪些人值得等待，哪些人該怎麼等待。

又或者哪些人你再怎麼等，永遠都等不到。

我記得那是國小四年級那年暑假的某個星期日。

我媽出門前把我帶到隔壁的王阿姨家，她說因爲公司要加班，會加到中午，所以要我先待在王阿姨家，等她中午下班回來，就會帶我去百貨公司玩。

然後我等到晚上八點，王阿姨煮的飯有夠難吃。

其實後來的細節我已經不太記得了，總之我媽爲了彌補，叫我爸在下一個星期日帶我去百貨公司買遙控車。聽我媽說，我並不是那麼好打發的孩子，所以我狠狠地削了我爸一筆，除了遙控車之外，還買了當時最貴的玩具：聖戰士。

畢業典禮那天，張怡淳並沒有到大樹下找我，但就算她來了，也鐵定找不到我，因爲導師要我們在典禮結束之後，回教室再繼續課後輔導，而我跟伯安、育佐選擇了直接蹺課。

我們蹺課之後也不知道要去哪裡，所以伯安提議先到金好吃去吃豆花，再慢慢思考要怎麼享受這蹺來的美妙時光。結果我們三個一不小心就在那裡聊了三、四個小時，一直到我們班上完課後輔導放學出來。

在聊天的過程中，我提到寫紙條約張怡淳到大樹下的事，他們聽完一起鼓掌說我是勇者，竟然敢獨自去鬥惡龍。

「欸！」班上同學放學後，伯安拍了拍我的肩膀，指著騎腳踏車出現在學校後門的張怡淳，「是火雞耶，你不是要跟她道歉？」

「啊？現在？」我突然緊張起來。

「不然呢？」育佐挖著鼻孔，「都畢業了耶，不趁現在快點講，不然是要約下輩子喔？」

被他們兩個一拱，我硬著頭皮騎上腳踏車，臨走之前還回頭看了看他們，只見他們帶著悲傷的眼神目送我。

「慢走，如果你被惡龍一掌打死，我們會在你墳前上三柱香。」育佐說。

帶著他們的「祝福」，我狂踩腳踏車，想要追上張怡淳。

因爲學區制度的關係，除了某些越區就讀的學生之外，班上同學大多住在學校附近不遠處，所以我知道張怡淳家在哪裡，只是沒去過罷了。

從學校後門到張怡淳家，路上會經過六個紅綠燈、兩個右轉跟一個左轉，騎機車的話大概四分鐘，騎腳踏車大概要八分鐘。這表示我必須在八分鐘之內騎到她旁邊跟她說對不起，不然可能就要按她家電鈴了。

這天很巧，六個紅綠燈當中就紅了三個，我在第一個紅燈時就已經騎到她後面了，離她大概只有四、五公尺的距離。當時我在思考該怎麼開口，但腦袋眞的一片空白，我一度考慮採納伯安他們的方法，就是騎過去，拍拍她肩膀，她轉頭，在她還沒對我開火之前……

不過這個方法眞的很爛，而且我不知道爲什麼，整個人很緊張。

結果第一個紅燈變綠了，她往前騎，我跟在她後面，腦袋還是一片空白。

第二個紅綠燈是綠的，所以我們沒有停車。

第三個紅綠燈也是綠的，所以我們沒有停車。

第四個紅綠燈是紅的，所以我們停了下來，依然保持著四、五公尺的距離。

第五個紅綠燈是綠的，沒機會停車。

第六個紅綠燈，也是最後一個了，它是紅的，而我的情緒也很紅。

「好吧，硬著頭皮也得說，反正都畢業了，不原諒我就算了，有什麼了不起，又不是什麼很重要的人……」我在心裡不斷重複這段O.S.，一直到燈號變綠我都沒發現。

這時她已經離我有一段距離，而且眼看就要轉進她家那條路了。我加快速度往前追，終於在她快要到家之前把她攔下。

「陸子謙？」她似乎嚇了一跳。

「呃……嗨！」我竟然揮了揮手，「火ㄐ……啊不……張同學。」我緊張地說，那個「雞」字差點脫口而出，還好只說了一半就收口。

「你在這裡幹嘛？」

「我……我是來……呃……」

「對了，剛剛老師很生氣，」她打斷了我的話，「說你們三個又蹺課，連最後一天當國中生的機會都不好好珍惜。」

「珍惜個屁！」我說：「早就不想當國中生了。」

「剛剛老師還說會考慮打電話給你媽。」

「啊靠！我超珍惜當國中生的日子的，是伯安跟育佐不珍惜，爲了要勸他們回來，我才會蹺課的……」

「哼，你愈來愈像育佐了，廢話很多。」她雙手抱胸，從她的眼神跟表情中，我看見一種假扮大人的刻意。

「妳愈來愈像老師了。」我也學她雙手抱胸，模仿她那個僞裝成熟的臉部表情。

「聯考都快到了還蹺課，我看你們應該會考得亂七八糟，你們三個都一樣。」她不客氣地說。

「是是是，老師教訓的是。」我低頭鞠躬，假裝聽訓。

「對了，你找我幹嘛？」她問。

「啊……」糟糕，話題一轉回來，我一時語塞。

「你到底要幹嘛啦？」

「那個……我……我在畢業典禮的時候，不是有寫紙條給妳？」

「喔！那個喔。」她想起來了。

「對啊，我有事要跟妳講。」

「我們可不可以靠邊一點？」她看著來來往往的車子，「我覺得快被車撞到了。」

「喔。」

於是我們把腳踏車往路邊移動，然後她看著我，沒說話。

「幹嘛看我？」

「拜託，我在等你講話啊，誰喜歡看你？」她白了我一眼。

「喔……」

「快說啊。」

「那個……我很久以前不是用水彩把妳的頭髮給……」

「然後呢？」她沒等我說完就接話了。

「所以……嗯……我想跟妳道歉。」天啊！我說出口了！萬歲！

「就這個喔？」她一臉無趣。

「啊？」我好錯愕，「……對……就是這個……」

我費了千辛萬苦說出來的話，她的反應竟然是這樣？這個死殺千刀的。

「講完了？」

「嗯……對。」我點點頭。

「好，我收到了。」

「所以，妳不生氣了？」

「誰會氣這麼久？又不是神經病。」

「那妳為什麼對我特別凶？我一直以為妳還在生氣。」

「對你凶跟還在生氣是兩回事，你不要搞在一起。」

我頓時無言。

「好啦，你講完了，我要回家了。」

「喔，好，拜拜。」我揮揮手。

「再見！」她的再見說得既簡潔又有頓點。

然後我就看著她慢慢騎走，大概離我有十公尺遠了吧。

「喂！張怡淳！」我叫住她。

只見她從容地煞車，然後回頭看我。

「我們……還要不要聯絡啊？」不知道天外的哪裡飛來一筆，插中我的腦袋，我竟然問出這個問題。

「啥？」她比出聽不太清楚的手勢。

我騎著車子靠近她。

「我剛剛說，我們還要不要聯絡啊？」

「有問這個的必要嗎？」她的表情告訴我，她覺得我很奇怪。

「咦？」我覺得她更奇怪，「沒有嗎？」

「當然沒有啊，哪有人會問什麼要不要聯絡的？會聯絡就是會聯絡，不會聯絡就是不會聯絡，畢業了就是這樣，哪有什麼好問的？跟小孩子一樣。」她說得好像她有很多畢業的經驗，常常在畢業這樣。

「喔。」

「拜託，成熟點，過了這個暑假，我們就都是高中生了，ＯＫ？」

「所以呢？」

「所以我們都已經不再是孩子了，你還不知道嗎？」她說。

然後她再一次用很簡潔的語氣說了「再見」兩個字，就眞的騎回家了。

「我們都已經不再是孩子了」，這句話，育佐說過，當時我不太了解，只是不自覺地產生認同。

現在張怡淳又說了一次，我有一種被點醒了什麼似的感覺，但又不知道醒來的是什麼。一直到二十二歲那年遇到許媛秀，我才終於知道醒來的是什麼。

醒來的，是一個叫作「長大」的東西。

因爲已經不再是孩子了，所以我們會開始遇到不是孩子們才會遇到的事。

包括愛情。

是的，包括愛情。

# 08

一直有很多人拿棒球比賽來比喻愛情，我相信大家都聽說過。就是那個一壘是牽手，二壘是接吻，三壘是愛撫，本壘就是圈圈叉叉的那個。聽起來好像很中肯，但思考起來卻覺得有點怪的理論。

但不管它怪還是不怪，在很多愛情理論當中，它或許算是中肯的。我們三個人當中，最早談戀愛的是伯安，再來是我，最後才是育佐。不管是時間、地點或是對象類型，我們三個完全不一樣。

唯一相同的是，我們的第一次暗戀，都發生在高中，而且都是失敗的。伯安發生在高一，我是高二，育佐是高三。這個時間順序似乎也預言了我們的初戀順序。

高中生活果然跟國中生活差不多，依然是一堆考試跟一堆補習，還有一堆寫不完的作業跟念不完的書，還有，一堆沒什麼氣質又莫名其妙的女同學。

唯一讓我們覺得比較新奇的是「社團」這個東西。

一年級剛開學沒多久，就有一堆學長姊趁著每一節的下課時間到班上招生，說他們的社團有多有趣多好玩，還有多厲害的指導老師，加入他們的社團，一定會讓高中生活多彩多姿。

然後我們手上就多了一張社團一覽表，上面一共有數十個社團讓你選擇，各式各樣各類型都有，有球類、有多元研究類、有愛心服務類、有靜態競技類……等等，還有保育類。

球類大家都知道，就不需要多說了，這同時也是最多人參加的社團。為什麼呢？因為高中的體育課總是跟國中一樣，被老師借來考試，所以大家只好利用社團活動時間來打球。

多元研究類，指的就是諸如漫畫社、電影欣賞社、戲劇社之類的社團。

愛心服務類，顧名思義就是那些社會服務社、老人關懷社、愛心遠播社……等等的社團。

靜態競技就是什麼棋藝社、撲克牌社之類社團的統稱。

至於參加了保育類的社團，並不是說你真的要去照顧保育類動物，而是社團本身就是需要被保育的，也就是那些快要倒掉的社團，因為社員非常少，又請不到指導老師，每次社團活動就是社長獨挑大樑，在台上亂掰，所以瀕臨絕跡。像是三民主義研究社、中外近代史研究社、藝術品研究社等等，都是屬於保育類的。

「保育類」這個名詞光聽起來就很可憐，但是育佐超喜歡這種社團的，我猜想，這大概又是他的英雄主義作祟，覺得自己應該去拯救這些瀕臨絕種的社團。

當他決定參加「中華古文學研究社」，我只能說我一點都不意外。

伯安生性活潑好動，又比較外向一點，加上身材也不錯，除了個性比較奇怪之外，人還算好相處，是那種能很快交到朋友的人，所以剛進高中時，我連班上同學都還沒全部認識，他就已經能在走廊上跟許多人打招呼了。

所以他加入了五個社團：籃球、排球、跆拳、田徑跟美術ＤＩＹ。

他會進前四個社團，我跟育佐都覺得很正常，但是一聽到美術ＤＩＹ，我們就笑到噴飯了。

「什麼是美術ＤＩＹ？」有一天午餐時間，我們在一起吃便當時，我帶著滿滿的好奇問他，順便撿一撿噴在桌上的飯粒。

「有這個社團喔？」育佐拿出社團一覽表仔細尋找著，「表單上面有嗎？為什麼我沒看到？是保育類的嗎？」

「保你個頭，美術ＤＩＹ社員很多的。所謂ＤＩＹ，就是Do it yourself！自己來的意思！」伯安說。

「自己來？是研究打手槍的藝術嗎？」育佐說話老是這樣不正經。

「幹！」伯安巴了一下育佐的頭，「誰跟你一樣下三濫？」

育佐摸著自己被打的後腦時，伯安一邊繼續說著，「是做一些美工裝飾品的社團啦，一個學長……姊叫我去參加的，他說很有趣。」

聽完之後，我們繼續吃便當，過沒幾秒，育佐突然問了一個問題。

「一個學長……姊？」育佐皺著眉頭，狐疑地問：「學長姊用『一個』當單位？到底是學長還是學姊？」

「咦？」我聽出其中奧妙來了，「對喔！學長……姊應該是『兩個』人啊。到底是學長還是學姊？」

伯安眼見紙包不住火，「好啦好啦，是學姊啦！『一個』二年級的學姊啦，滿意了沒？」他特別用力地強調「一個」，一副被抓包後的不情願。

「是學姊就說學姊，有啥不好意思的？」育佐繼續追根究底。

「這其中一定有鬼，你喜歡她對不對？」我一邊啃著雞腿一邊問。

「喜歡個屁！人家學姊有男朋友，是三年級的學長，感情好像還不錯。」

「搶過來啊。」育佐很輕鬆地提議，講得好像一切都理所當然一樣。

「搶過來加一。」我附和。

「我最討厭搶別人女朋友這種橫刀奪愛的人了！」伯安大義凜然地說。

「那如果是她自己愛上你呢？」我問。

「那就另當別論了。」

「屁啦！」育佐毫不客氣地吐槽，「最好這樣就另當別論，這也是一種搶啊。」

「最好這樣叫作搶。假設有一天我走在路上，一個人跑過來塞給我一堆錢，說要給我花，難道我這樣叫作搶劫嗎？」伯安反駁。

「那當然不叫搶劫，因爲那是別人自己要送你錢花，不會有人怪你搶劫。」育佐說。

「那就對啦！」

「但是，」育佐用強調的語氣說：「從感情世界的標準來看就不一樣了，今天別人的女朋友跑來喜歡你，而你又接受了她，從那個男生的角度來看，怎麼看都是你搶他的女朋友，而且不只他一個人會這樣認爲，很多人都會站在他那邊。」

「哪有這麼不合理的？」伯安不太服氣。

「只要牽涉到感情，不合理的事可多了。」

「哇靠，你是戀愛專家喔，講得一副自己很了解的樣子。」我有點佩服地給育佐拍了拍手。

「其實是書上寫的啦。」說完，他從抽屜裡拿出《愛情青紅燈》。那是我們那個年代（一九七×年出生的都知道）的一種無聊雜誌，大概漫畫書大小的開本，裡面全部都是讀者投稿的情書跟愛情專家的建議，坦白說，內容挺沒營養的。

「所以我沒追她，她自己喜歡我，這也要怪在我頭上？」

「不怪你要怪誰？」育佐反問。

「靠！」伯安罵了一聲。

「所以你眞的喜歡學姊？」我問。

「就說她有男朋友，你們兩個是耳背喔？」

「所以你到底要不要搶過來？」育佐問。

「搶你媽啦！」

「你搶我媽，我爸會跟你拚命。」育佐又說。

「我爸跟你拚命加一。」我附和。

「幹！你們兩個神經病，我是在說學姊，誰在說你媽？」

「是你先講你媽的。」育佐說。

「是你先講你媽的加一。」我附和。

然後我們兩個就被巴頭了。

之後過了好一陣子，我們都沒再聽到學姊的任何消息，每次社團活動，伯安都會準時出現在籃球、排球、跆拳跟田徑社，但他幾乎從來不曾現身在美術ＤＩＹ社團，我們問他爲什麼不去美術ＤＩＹ，他的回答是，因爲籃球社要比賽所以要練習，因爲排球社要比賽所以要練習，因爲跆拳道要級段檢定考試所以要練習，因爲田徑社要測試所以要練習。因爲練習很多，所以一直沒去美術ＤＩＹ。

這樣的回答聽起來合情合理，我們也覺得沒什麼不對。直到一年之後，我們才發現，這一切都是伯安的陰謀。

育佐在保育類的日子，其實過得不是很輕鬆，他加入中華古文學研究社之後發現，研究這種東西的人都非常嚴肅，甚至有點陰沉。而他本身又沒什麼古文學研究的底子，所以每次他被社長點名分享一些研究的時候，他都只能說一些大家早已經知道了的東西。

「雖然他們都很陰沉，不過坦白說，每個社員都學識淵博啊。」育佐說。

「所以你們社團到底有幾個人？」我問。

「七個，包括社長。」

「難怪需要保育……」伯安說。

「但是我眞的覺得，跟他們說話，會知道很多東西耶。」

「舉個例子來聽聽。」

「像是江南四大才子之首唐伯虎，他曾經有過一段叫作『點秋香』的故事，對吧？」

「對。」我跟伯安同時點頭。

「但其實秋香不是他點的耶，而且秋香至少比唐伯虎大了二十歲。」

然後他講了一段唐伯虎的故事。

小人本住在蘇州的城邊，家中有屋又有田，生活樂無邊，誰知那唐伯虎……

他說，唐伯虎並不是大家所以爲的那樣，娶了很多老婆，他老婆也不是周星馳電影裡演的那樣，只會在家裡打麻將，而且唯一的專長就是打麻將，不給她們打就一哭二鬧三上吊這樣。

他這輩子只娶了三個老婆，聽起來好像很多，但他眞的是不得已的。

十九歲時，唐伯虎娶了他第一任的妻子，十九歲這年是唐伯虎人生中非常非常淒慘的一年，不只他的父母親跟妹妹都過世了，連他的老婆都因爲難產而死，連小孩也沒能保住，幾乎等於全家死光光。

守孝三年之後，他娶了一個很勢利的女人爲妻，這個女人看上唐伯虎的才華，覺得他將來會飛黃騰達，自己就能享受榮華富貴，所以才嫁給了他。但因爲唐伯虎的個性，致使官場飛黃騰達無望，這個老婆立刻離他遠去。

後來他娶了第三個老婆，叫作沈九娘，就因爲她叫作九娘，所以大家都以爲在她之前，唐伯虎已經取了八個老婆，但其實這是錯誤的。

後來九娘生了一個女兒，一家人過了一段快樂的日子。

但九娘也不太長命，沒幾年就死了，死後葬在蘇州的桃花庵。

唐伯虎晚年時的身體狀況也很差，告老還鄉之後，回到桃花庵，所以才寫下了唐伯虎詩集裡的《桃花庵歌》：

桃花塢裡桃花庵，桃花庵裡桃花仙；桃花仙人種桃樹，又摘桃花換酒錢。

別人笑我太瘋癲，我笑他人看不穿；不見五陵豪傑墓，無花無酒鋤作田。

「其實《桃花庵歌》不只這兩段，它中間還有三段，但是很多人都不知道中間還有，它中間的那三段是……」（註）

「喂喂喂！等等！」我趕緊阻止育佐，「我們並不想聽中間那三段，我們想聽的是，爲什麼點秋香的不是他。」

「喔！那個啊！」然後育佐又開始說起故事來。

歷史上是眞的有秋香這個人，不過以年份來算，她至少比唐伯虎大了二十歲，所以點秋香的並不是唐伯虎，而是另有其人，那就是蘇州才子陳元超。

有一天，陳元超跟朋友一起出去玩，在路上看見秋香，一時天雷勾動地火，一發不可收拾，私下打聽之後，知道秋香在一個官宦人家當婢女，所以便跑到那戶人家應徵伴讀書僮，等到他知道家中的兩位少爺很喜歡自己，不希望自己離開，他就假借要回鄉娶妻的名義，向男主人提出辭呈。

男主人說：「我府上這麼大，婢女這麼多，你喜歡哪一個，我幫你作主。」

男主人的提議正中陳元超下懷，於是他說：「既然如此，就恭敬不如從命，我就點秋香吧。」

「所以點秋香的是陳元超，不是唐伯虎。」

「嘩——」我跟伯安聽完，都是一陣讚嘆。

「厲害吧？」育佐一臉得意。

「厲害厲害。」我跟伯安都對他豎起大拇指。

在那之後，育佐三不五時就會跟我們講一些類似的故事，像是發生在鄭成功、曹操、李世民身上的事蹟，我們這才知道，原來在很多我們沒讀到的古文學書上，記載了很多有趣的事。

但坦白說，我對這些實在沒有太大興趣。又或者應該更準確地說，我喜歡而且很樂意聽別人講這類故事，但我自己不會去研究。

所以，我加入的社團是棒球社，因爲我看見陳義信跟黃平洋那些非常厲害的職棒投手在場上的風光模樣，所以我立志要成爲一個球速超過一百五十公里的投手。

「子謙，一年級新生進社團要先學會的第一件事就是撿球，平均每次社團活動練習，都得撿個一百五十顆吧。」剛進社團時，學長就這麼告訴我。我覺得投超過一百五十公里的球，跟撿一百五十顆球差很多，所以我便立志要成為最強的打擊手。

然後當我有一天被自己的同學用時速不知道幾公里的球砸在腰上時，我就馬上立志——

我要離開棒球社！

就這樣，離開棒球社之後，我就變成無「社」遊民了。每次社團活動時間，我不是去找伯安，就是去找育佐。

所以我籃球排球也打，中華古文學也聽，就這樣一直混一直混，混到了高一下學期，夏天又要到了。

古有陳元超點秋香，今有魏伯安點學姊。

夏天來臨之前，育佐已經被社長點名要擔任下一任社長，並且已經完成交接。至於伯安則被籃球社內定成為社長，在他一手領導之下，籃球社變成籃球隊，後來還成了校隊。也因為當了社長，又是隊長，伯安在學校的名氣變大了，他跟學姊的戀情終於掩蓋不住，浮上抬面。

不過與其說是戀情，不如說是伯安的愛情屍體。

從認識學姊那一天開始，伯安就時常寫信給她，信裡面其實沒有提到任何曖昧的話語，通常都是閒話家常般的聊天內容，或是說一說自己對某些學校裡發生的事情的看法而已。本來學姊跟他的信件往來也只是這樣，但因爲信實在寫得太多，通信時間也持續太久了，她的三年級男朋友在畢業前沒多久，終於發現這件事。

東窗事發，醋罈子跟著打翻，學長帶人來我們班找人算帳也是挺正常的。

接近畢業季的某一天，學長帶了一群人到我們班來找伯安算帳。那天天氣超好，萬里無雲，氣溫大概有三十度，是個打架的好天氣。

高中生在學校打架有一套公式：下課時在教室門口大聲叫名字，然後到校舍頂樓解決。兩隻雄性動物爲了雌性動物展開一場激鬥，這在動物界是很正常的事情，所以他們說好要打架就單挑，不然大家都沒完沒了。

雖說是單挑，但總不了需要一些支援、見證的人馬，讓場面不要太難看。等到上了頂樓，兩方人數還是有些懸殊，學長那邊帶了二十幾個人，我們班全部男生加起來也才十五個，而眞的上頂樓的只有六個，包括我跟育佐。

在單挑之前，學長問伯安，是不是喜歡他女朋友。

伯安的回答很妙，他說：「我喜歡她關你屁事？你的責任應該是好好照顧你女朋友，而不是來這裡找我單挑。」

因為說好是單挑，而且不管誰輸誰贏，事後都不准尋仇，所以兩邊的人都沒動。

伯安身材好體格棒，每天打球運動練了一身結實的肌肉，學長在身材上明顯佔下風，勝負結果很快就出來了。

打完架，伯安把學長從地上拉起來，「剛剛我說的話，不是開玩笑的，你應該好好照顧她，不是來找我單挑。這不是在嗆你，是要你好好對待學姊。」

剛說完，教官就到了，還一次來了四個，我們學校總共也才五個教官，一場單挑就驚動了這麼多個。主任教官一上來就開罵，一直逼問是誰找誰打架的。我們兩邊都沒人說話，他因此訓斥了我們將近十分鐘，然後要求兩邊人馬到訓導處集合。

伯安跟學長因為打架，一人記一支大過，我們這些圍觀的人則一人領一支警告當紀念，罪名是「企圖破壞校園良好秩序」。

那天放學，伯安跟籃球隊在球場上練球時，我跟育佐剛好也在球場邊聊天。遠遠地，我們就看見學長帶著學姊一起走過來，本來我們以為學長又要來找碴，但結果不是。

學長站在球場邊，看著學姊把伯安拉到一旁去說話，大概講了有五分鐘，只見學姊給了伯安一個擁抱，還拍了拍他的肩膀，然後就跟著學長離開了。

我永遠都記得那天，我們在學校待到晚上十點。我們哪裡也沒有去，就只是坐在籃球場旁邊陪著伯安。

育佐問伯安：「學姊跟你說了什麼？」

伯安回答：「我知道學姊講了很多，但我現在都忘光了，只記得『不要再寫信給我』，還有『謝謝』，還有『很抱歉』。」

伯安再也沒有寫信給學姊了。

同時他鄭重地警告我們，絕對不可以把那天晚上他躺在籃球場上大哭的事情說出去。

暗戀，是多數人長大的必經之路。

註：《桃花庵歌》

桃花塢裡桃花庵，桃花庵裡桃花仙；桃花仙人種桃樹，又摘桃花換酒錢。
酒醒只在花前坐，酒醉還來花下眠；半醒半醉日復日，花落花開年復年。
但願老死花酒間，不願鞠躬車馬前；車塵馬足貴者趣，酒盞花枝貧者緣。
若將富貴比貧賤，一在平地一在天；若將貧賤比車馬，他得驅馳我得閑。
別人笑我太瘋癲，我笑他人看不穿；不見五陵豪傑墓，無花無酒鋤作田。

# 10

接下來登場的就是我的暗戀了。

說實話，我自己覺得這不太像暗戀，因爲我告白過了。

伯安躺在球場上大哭的那一幕仍歷歷在目，當他情緒比較平復之後，我還不時把這件事拿出來挖苦他一番，伯安無力反擊，只能一再警告我，最好不要哪天暗戀誰被他知道了，更不要讓他知道我暗戀失敗，不然他一定笑我笑五十年。

正所謂「風水輪流轉」，這件事很快地就輪到我頭上了。

升上高二之後，分班的時候又到了。這一次不是依成績分班，而是依類組分班。比較喜歡文史之類學科的人就選擇社會組，比較喜歡數理的就選擇自然組。

社會組是第一類組，而自然組分二、三、四類。

哪裡不一樣？老師們都說，這會影響到將來的專業跟工作。但老實說，我們覺得唯一的不同就是考試科目不一樣。

第一類組考的是國文、英文、數學、歷史跟地理。大學聯考之後能選塡的科系是中文、法律、國貿、外交、企管之類的系所。

第二類組考的是國文、英文、數學、物理、化學。大學聯考之後能選塡的科系是電機、資工、物理、數學、化學、化工、機械等等。

第三類組的考試科目跟第二類一樣，但加考一科生物。大學聯考之後能選塡的科系是醫學、牙醫、藥學、醫技、護理等等。

第四類組考的跟第三類一樣，但是不考物理。大學聯考之後能選塡的科系是農業發展、森林、植物、昆蟲等等。

終於，我們有了選擇，不再只是天堂跟地獄的差別。

因爲伯安對歷史跟地理很在行，再加上學姊是自然組的，爲了不讓自己傷心，所以他選擇了第一類組。「我就說吧，什麼事都是註定的，如果我的數理好一點，那我就會跟學姊一樣選三類，但我數學就是爛，所以註定跟學姊無緣。」

育佐的成績在上高中之後一直都是個謎，高一時共有六次段考，他考了三次前十名，三次倒數十名，落差之大，別說老師，連我們都覺得莫名其妙，任課老師當中有一、兩個還曾經特別注意他在考試期間的舉動，想看看他有沒有作弊這樣，但事實證明，他沒作弊，他就是個謎。

當我們問他成績怎麼會落差這麼大的時候，他臉上的表情很逗趣——他一臉茫然無解地問：「爲什麼你們會覺得我知道原因？」

「成績是你考的，當然只有你知道原因啊！」我說。

「你考試之前到底有沒有在念書啊？還是你其實都偷偷躲在家裡啃課本？」伯安問。

「沒耶，有時候考試前我就隨便念一下，但有時候又覺得很懶，不想讀書，就這樣啊。」育佐解釋著。

「隨便念一下考前十名？」

「就剛好念到的都考出來了嘛。」

「你還眞會考前猜題啊！」

「我沒猜過題耶，我只是會觀察老師的個性，個性太機車的老師就會出一些很機車的考題，個性比較好的就會出那種大家都會讀到的題目。」

「既然你這麼會看個性，那你爲什麼還考了三次倒數十名？」

「就有的老師面善心惡，有的面惡心善，有的人表裡不一，有的人人心隔肚皮，再加上一些女老師更難觀察，女人心海底針嘛，沒辦法，這些就是猜不到。奇怪了，每個學生都會猜老師的個性啊，大家不都是這樣嗎？」育佐覺得問他這些問題的我們很奇怪。

嗯，育佐，我說眞的，我覺得應該只有你這樣，我們都不會這樣。

所以育佐選擇了第一類組，他覺得如果能有個伴，念書的心情會比較好，所以他要去陪伯安。我的數學不錯，理化也算ＯＫ，問他為什麼不到二類陪我，他說他討厭牛頓，所以順便討厭物理。我說那你可以選第四類組啊，不用考物理，他說他不喜歡種田跟抓蟲。

於是，我一個人轉了班級，去了一個認識同學不多的班級。

然後就遇到她了，人生中第一個暗戀的對象。

終於，我們有了選擇，不再只是天堂跟地獄的差別。

## 11

那個年代的班對其實還算幸福，或許是因爲戀愛去死去死團還沒成立的關係，看見別人出雙入對還不會太反感，而且還會替情侶的女方冠上夫姓，暱稱爲○太太，基本上，大家對班對的看法還算開放跟接受。

雖然是這樣，但對於戀愛這件事我還是想得太多。我根本沒跟她說過幾句話，就開始幻想我們是班對，很幸福的班對，我們一起上課一起下課，一起去補習吃飯，我還會送她回家，重點是，在她家樓下還會有個晚安吻之類的。

這種白日夢通常都醒得很快，只要旁邊有人打個噴嚏就可以了。

她的姓還滿少見的，姓宣，叫作志萍。不看字的話，會以爲她是男生，因爲她的名字念起來非常中性。一開始我也以爲這是個男生的名字，後來才發現我誤會大了。

那個莫名其妙的年代時常流行一些莫名其妙的事情，例如女生一定要把前面的頭髮梳得跟海嘯來了一樣高，男生一定要在書包上寫什麼「追夢人」或是「恨」之類的耍帥字眼，還有那種半夜十二點對著鏡子梳頭會看見自己的前世，或是農曆七月七日半夜十二點拿起電話撥打十二個零會接到地獄之類的鳥傳說。

我還在念國中的時候，這些傳聞就已經在學生之間蔚爲流傳，例如半夜梳頭、打電話的鳥傳說，其實我國中時就聽過了，只是沒想到高中生的版本更加先進，就好像電腦軟體會推出某某版本2.0一樣。

所以，半夜梳頭的傳聞在高中時就更名爲「半夜梳頭2.0版」，就是不只要梳頭，還要噴髮膠。而「半夜打電話給牛頭馬面2.0版」，就是不只接通後要說喂，還要加上通關密語之類的莫名其妙的東西。

在高中生之間流傳的，當然也包括一些聽起來是傳說，但其實是用來追女孩子的爛手段。

其中一個鳥招就是「寫對方的名字九百九十九次，寫一次就默念一次『我愛你』，完成之後對方就會愛上你」。

人在面對愛情的時候都會變笨，所以我變笨了。

我特地買了一本筆記本來寫宣志萍的名字，寫到四百多次時就被伯安發現了。

「喂！宣志萍是誰？」某一次在麥當勞聊天兼念書時，他舉起我的筆記本大喊。

「啊！」我當下心裡一慌。

「什麼？你心裡有別的女人？你不要我了嗎？」育佐故作女性的嬌滴姿態，用翹著小指頭的右手指著我，說話的時候，還沒忘記加上哭腔。

被抓包的那當下，我一整個很不好意思，心中念頭一閃，想說扯個謊唬個爛或許能過得了關。

「宣志萍就是我們班的啊，啊就……」我竟然有點結巴，「……有個同學喜歡她嘛，然後說寫她的名字九百九十九次就會讓她愛上他嘛，所以要我幫他寫個幾次……就這樣嘛。」

「你這個同學姓陸叫子謙是嗎？」伯安盯著我。

「哎呀！」眼見詭計立刻被識破，我裝傻著，「這位兄台眞是有智慧啊，在下佩服佩服。可見兄台跟陸子謙很熟？」

「嗯，是啊，很熟呢！熟到我巴他後腦，他都會笑著跟我說謝謝。」說完他就巴下去了。

「呃……謝謝。」我笑著說，但心裡罵了一聲幹。

眼見紙已經包不住火，只好承認我喜歡跟我同班的宣志萍。

然後這兩個賤人居然在隔天上課的時候，大剌剌地跑到我班上來，想要看看她長得什麼樣子。拜託，就一個普通的女孩子而已，有什麼好看的？

好吧，對不起，我錯了，她不只是普通女孩子，她是個很漂亮的女孩子。

她剛入學沒多久就引來一堆學長跟同學的追求，只是我們三個沒注意到罷了。

曾經有個學長說，她應該是這幾屆裡面最漂亮的了。

聽完這句話讓我更加有戰鬥力，如果能讓她被同學稱作陸太太，那會是多麼風光的一件事。

沒多久，我們班的康樂股長舉辦一個烤肉會，只邀同班同學，地點是澄清湖青年活動中心。分烤窯口的時候，我很幸運地跟她分到同一個，我只記得那天我拚命烤肉，一直烤一直烤，雖然烤到最後，我連一根香腸都沒吃到，但我卻很開心，因爲我跟她說了很多話。

然後隔天我就發高燒了，醫生說是重感冒。

打了點滴，在家裡待了兩天、睡了一天後，我帶著滿滿的思念，和剛剛康復的身體回到學校，第一件事就是想看見她那張美麗的臉龐，並且希望她能夠對我說幾句「有沒有好一點」，或是「發燒很難過吧？要照顧身體喔」之類的安慰的話。

只是……

「咦？你有請病假？眞的喔？」這是她的反應。

過了一個月，段考結束，班上幾個比較要好的同學相約一起去看電影，我私下詢問了她的意願，她想都沒想就說「好啊」。

我以爲這是我們之間的第一次約會，就算有電燈泡在旁邊發亮也沒關係，至少我成功地約了第一次，一定會有下一次。

但事情跟我想的不一樣，我跟她沒講到幾句話，她跟班上另一個女生聊得超開心，開心到幾乎忘我了，連我要補習必須先離開，跟她說「拜拜」她都沒聽見。

接著我又發高燒了，醫生說是急性腸炎引起的發燒。

打了點滴，在家裡待了兩天、睡了一天後，我帶著滿滿的思念，和剛剛康復的身體回到學校，第一件事就是想看見她那張美麗的臉龐，跟上次一樣，我還是希望她能說幾句「有沒有好一點」或是「急性腸炎很難過吧?要照顧身體喔」之類的安慰的話。

只是……

「你好會生病喔，身體很差喔?」這是她的反應。

又過了一個月，寒假要到了。班上幾個比較要好的同學要一起過耶誕節，我私下詢問她跟我一起過節的意願，她卻說那天要陪家人，很抱歉。

被拒絕了沒關係，禮物還是要準備一下。就在我絞盡腦汁，想著該買什麼耶誕禮物給她的時候……

幹你媽的我又發燒了!

而且是耶誕節前一天，每個人都在準備禮物的時候。

醫生說什麼我已經不管了，離開診所，回到家之後，我塞了一包藥入口，然後拿了錢包和外套就跑出門，只聽見身後我媽在喊著：「你在發燒耶！不休息要去哪裡？」

但我沒理她，把大門一關，就騎上腳踏車往百貨公司衝。

我請專櫃小姐替我選一瓶適合美女的香水，然後送到她家去給她。

去她家的路上，我心裡想著，喜歡上她之後，我已經連續三個月發燒了，這一定是一種徵象、一種信號，就像伯安說的，每一件事情都是註定的！我註定要選擇自然組，註定要遇到她，註定要在喜歡上她之後發燒三次，這一切都是註定的！

「所以我一定要告白！親手把香水送給她的時候，我一定要告白！」我心裡這麼說著。

然後她家就到了。

她家在高雄縣鳥松鄉一處很安靜的社區旁邊，透天厝的建築，裡頭養了兩隻狗。

「怎麼會是你？」她開門看見我，顯得有點驚訝。

「妳好啊。」我不知道當下我發燒幾度，但我不想讓她聽出來我生病，所以我故作健康狀，很有精神地打招呼。

「耶誕夜耶，你怎麼沒出去？」

「我剛出去過了。這是要給妳的耶誕禮物。」我把香水遞給她。

「喔！」她有些吃驚，但隨即恢復笑容，接過我送給她的香水，「謝謝！」

「我想跟妳說一件事。」我說，心裡的勇氣像泉水一樣源源不絕地湧出。

「什麼事？」

「我喜歡……」

話還沒說完，她的媽媽就從她後面出現，「志萍啊，同學來找妳，怎麼沒叫人家進來坐？」

然後她媽媽就看著我說：「來來來，別客氣，進來坐嘛，外面又冰又冷，裡面比較溫暖，我剛剛切了柳丁，那柳丁是古坑產的，好甜好好吃喔！眞的是人家在說的夭壽甜喔，夭壽你聽得懂嗎？台語啦，就是非常的意思啦，我都不知道你們現在的小孩到底懂不懂台語……」

她媽媽講話好像不需要換氣一樣，我連應一聲謝謝的機會都沒有，就被她拉進去屋子裡。

那天，我在她家待了一個小時，吃了兩大盤的柳丁。

她媽媽說我看起來很乖很古意，跟宣志萍很配，乾脆我們兩個就當男女朋友好了！

聽完這番話，我「龍心大悅」，想說卯死了，來人家家裡吃了兩盤柳丁，還把人家女兒追走，有吃又有拿，眞是非常夭壽。

只不過，要離開她家時，宣志萍卻對我說：「你不要把我媽的話當眞，她看到每個男生都說人家很乖很古意，還會跟每個男生開口，要他們當我男朋友。」

「啊……喔……」我有點失望地點頭。

「你剛剛要跟我說什麼？還沒說完對吧？」

「喔，我要跟妳說的話，妳媽媽剛剛講完了。」

她思考了一下，大概過了五秒鐘之後，「你是說……當男朋友那個？」

「嗯。」我點點頭。

「你喜歡我？」

「很不明顯嗎？」

「看不太出來。」她說。

「那妳現在知道了。」

「嗯，我是知道了。」

「那接下來呢？」

「什麼接下來？」她問。

「告白之後要幹嘛？」

「我也不知道，我又沒告白過。」

「我不知道告白之後感覺會這麼空虛耶。」我說。

「我也不知道你在空虛什麼。」

「有其他人跟妳告白過嗎？」

「有，以前的同學跟我們學校的學長。」

「他們告白之後，跟我一樣空虛嗎？」

「我不知道，你要去問他們。」

「那現在怎麼辦？」

「我怎麼知道怎麼辦？」

「我們要在一起嗎？」

「不要，我現在不想談戀愛。」

「那我怎麼辦？」

「我怎麼知道？」

「那，當作誤會一場好了。」

「也可以，我不反對。」

「那幫我跟妳媽媽說謝謝，柳丁眞的夭壽甜。」

「好。」

「拜拜囉。」

「晚安，拜拜。」

然後我就回家了。

很虛吧？

我知道，我也不想這樣，但就是這麼虛。

告白之後感覺不太妙，爲了避免尷尬，我只能想出「那當作誤會一場好了」來帶過，不然我們還要同班，這感覺會很差。

不過，我說眞的，那天晚上心裡的感覺，眞的很空虛。

因爲吃柳丁的關係，我的發燒更嚴重了。那天晚上我躲在棉被裡，一種不知道怎麼形容的難過情緒從心裡出發，穿過很多地方，然後從眼角流出來。

我大概可以了解伯安當時躺在球場上的感覺了。

我發誓，我再也不會取笑他了。

某些情緒從眼角流出來，感覺很夭壽。

# 12

中華古文學研究社在育佐的帶領之下，從本來只有幾個人的小社團，變成三十幾個人的中型社團，因爲他在招攬新社員期間使出賄賂的招式。「只要你來本社團旁聽一堂活動，不需塡寫入社單，本社長立即發給便當一個。」

我還在讀高中的那幾年，校園便當業競爭非常激烈。激烈到還有其中一家業者爲了搶我們學校的「班佔率」，推出全班訂超過四十個以上便當就多送三個。當時我們一個班最多也不過才五十個人，這幾乎等於是全班都得訂同一家的便當。

結果這個方案推出一個星期就結束了，因爲那家便當店的老闆簽六合彩輸光了錢，跑路了，老師在事後爆料，說他會推出這個方案，根本就是爲了多收一些現金準備跑路，便當有沒有賺錢已經不重要了，因爲他根本就沒有給上游的菜商跟肉商貨款，等於是惡性倒閉。

我們學校有四家配合的便當業者，學校採監督但不干涉的政策，所以業者使出什麼手段幾乎都沒關係，只要別在便當裡下毒就好。

雖然訂四十送三個的便當店倒了，但其他業者還是繼續激烈地競爭，曾經有過一陣子，雞腿便當只要四十五元，排骨便當只要四十元，還附送一瓶飲料，當時我們每天中午都非常痛苦，因爲我們不知道該買好吃的雞腿，還是爲了那瓶飲料買排骨。

好天眞可愛又單純的煩惱。

話題回到育佐身上。他這個「旁聽活動送便當」的方法引起了廣泛的注意，還眞的有很多人爲了那個便當而去旁聽活動，反正不用加入，還可以拿到一個免費便當，何樂而不爲呢？只是很多人會很白目地問說：「是雞腿飯還是排骨便當？」

事後算一算，去旁聽的一共有三十幾個人，旁聽完立刻加入的就有二十個。問育佐到底都在台上說了什麼？他說他講的是當年也曾說給我們聽的「唐伯虎點秋香」。

就在我們升上高三，又一次面臨聯考的壓力時，育佐喜歡上他的一個社員，對方是一年級的學妹。

我跟伯安第一次看見那個學妹，是在福利社買飲料的時候。那時是伯安先看見她的。

「你看你看，」他指著學妹，「這個學妹很可愛，有日本人的感覺。」

我順著他手指的方向看過去，只看到一個嬌小的女生，拿了兩瓶牛奶跟兩個麵包、一條杯子蛋糕，還有熱呼呼的包子一顆，再外加一包可樂果，然後跑去結帳。

「別懷疑，那是她一個人要吃的。」育佐不知道從哪裡冒出來，就在我們盯著這個學妹，心想「這應該不是她一個人要吃的吧」時，他就跑出來了。

「她是中午沒吃便當嗎？」我被這個學妹的食量嚇到了。

「有。那是她的下午點心。」育佐回答。當年還沒有「下午茶」這種聽起來很高級的名詞。

「你又知道了？」伯安有點懷疑。

「我當然知道，而且我還知道她就是吃不胖。」

「爲什麼？你認識她？」

「她是我的社員，嘿嘿……」育佐說完，竟然傻笑起來。

看著育佐花癡似的笑容，我跟伯安互看了一眼，大概知道發生什麼事了。

「要到電話了嗎？」我問。

「拜託！我是誰？汪育佐耶！中華古文學研究之神耶！」他拍著胸脯，繼續傻笑，「我根本不必要她的電話，所有社員的電話我都有。」

「那打過電話給她了嗎？」伯安問。

「沒有。」

「那快點打啊！」

「你們知道嗎？她吃東西的樣子眞的很可愛，跟松鼠一樣，會把食物放在腮幫子裡，讓臉鼓起來……」

幹，他根本沒在聽我們說話。

育佐從那天起開始發花癡，一整個很不正常。應該說本來他就已經不是個很正常的人了，結果那天之後變本加厲，像是ＤＮＡ突然失序錯亂，整個人性格突變。

首先是說話方面。

育佐講話開始變得輕聲細語，髒話的使用量也比以往少很多。

原本他只要一吃到不好吃的便當，就會說：「幹你媽的這從餿水桶裡面撈起來曬乾的是嗎？」

或是他只要一看到那些令人髮指的新聞，就會說：「操他祖宗十八代的這是哪一種垃圾跟大便交配生出來的人渣？」

學妹出現之後，他變成這樣：

「這便當還眞他……們是有很大的改進空間，嗯……」

「操……場多跑幾圈之後就會發現這種人渣實在沒什麼値得我生氣發火的。」

跟女生說話的時候，那種溫柔的聲音眞忍不住讓我有想自殺的念頭。

伯安跟我描述育佐有這樣的轉變時，我還不太相信，但當我親耳看到他跟女助教說話的嘴臉時，我恨不得立刻有把刀子插進我的心臟。

「汪育佐，等等幫我去樓下主任辦公室旁邊的大櫃子拿昨天的考試卷上來好不好？我腳昨天扭到了，不方便爬樓梯。」女助教用很軟很可憐的聲音祈求。

然後育佐用非常非常讓人受不了的輕聲細語回答：「嗯，好啊，妳就乖乖待在這裡不要亂動，我現在就去拿。」

如果你因此覺得他跟每個人說話都一樣輕聲細語的話，那你就錯了。

「去你的甘迺迪！你爲什麼偷喝我的麥香紅茶？」這是我喝了他的紅茶之後，他的反應。

「他奶奶的陽春麵！伯安你香腸最好買給自己吃就好啦！」這是伯安偷偷啃香腸被育佐逮到，他發飆罵人的樣子。

不過他只對我們這樣，對別人都很好。

那段時間，他不只說話變了，連脾氣也因爲說話態度的改變而變得很溫馴，像一隻牙齒很長很尖卻不會咬人的老虎。（咦？）

再來是念書方面。

突變之後，他比較少跟我們出去，有時候我跟伯安會相約到麥當勞念書，或是計畫去看場電影，但育佐都拒絕了。本來我們以爲他跟學妹已經偷偷摸摸地開始交往，卻不讓我們知道，但我們騎車去他家突擊檢查的時候，他的腳踏車在家，他爸爸也說他沒出門，他妹妹則是偶爾會出來跟我們哈拉幾句。我們高三的時候她才高一，但是她的胸部似乎不打算停止發育，夏天待在家裡時，她又喜歡穿細肩帶背心，那對胸部把衣服撐得超緊繃的，害我們跟她聊天的時候，眼睛都不知道該看哪裡。

有一天，下課時間，我正在複習流體力學，伯安瞪著大眼睛從他們教室走到我的教室找我，當他站在距離我兩百公尺左右的教室外頭叫我時，我看見他的表情，差點沒被嚇到。

「幹！你是見鬼喔？臉這麼扭曲幹嘛？抽筋喔？」

「我要跟你說，」他張開他那扭曲的嘴巴，「育佐在我們班考了第一名……」

然後我的臉也抽筋了。

衝到育佐面前，我和伯安逼問他是吃錯了什麼藥，還是家裡藏了一隻哆啦A夢，只見他把抽屜裡的參考書全部拿出來，對著我們，拍拍那一大疊的書，「我已經全部都念完了。」我和伯安都十分不解，造成這個轉變的原因是什麼，育佐這才說了，在一次社團活動的休息時間，他不小心聽到學妹跟她同學聊天的內容。

學妹說：「我們學校要上台大好像不太容易。」

「要看哪一系吧，不過台大真的很遙遠。」當時，學妹的同學是這樣回答的。

「聽學姊說，我們學校大學錄取率好像不到一半。」

「這樣就很多了。」

「眞難想像，那些上台大的人要念書念到什麼程度。」

「男生念到禿頭，女生念到內分泌失調吧，哈哈。高中男生念到禿頭一定很醜很好笑。」

「管他有沒有禿頭，在我們這種中間等級的高中念書，卻考上台清交成政的男生，就算禿頭了也很帥。」學妹下了這樣一個結論。

聽到這裡，育佐就瞬間耳聾了。學妹後面講了些什麼，他完全沒聽見，滿腦子只有那句「考上台清交成政的男生很帥」。

於是他就立志，要當那個很帥的男生。

愛情的力量，小卒子有時也會變英雄。

# 13

愛情的力量眞的會激發一個人的潛能。

高三的模擬考，育佐從原本全校排名兩百多，一路衝上前十名。他念書念到我跟伯安都深感佩服，因爲他眞的是個天才，只要是能背的東西，他都能很快地背起來。

不僅僅在說話、念書這部分產生變化，育佐的造型也開始不同了。他不但注意起自己的儀容，有一天去補習之前，他甚至跑去買了他人生的第一瓶髮膠。

「這玩意兒要怎麼用啊？靠北邊了，我根本沒用過這個。」在補習班上課時，他拿出髮膠問我。

「你不會用喔？」

「你看過我用髮膠嗎？」他認眞地瞪著我。

「喔！很簡單啊，」我故作正經地說：「你買的是口服型的髮膠，要整理頭髮之前，先噴三下到嘴巴裡。」

「幹！你王八蛋！當我白癡嗎？」他打了我一拳。

「幹！上面有使用說明，是不會看嗎？」我回敬他一拳。

開始注意儀容之後，育佐好像變帥了很多，雖然那張臉還是很賤，但就是跟之前不一樣。

「不過就是從一隻畜牲變成一隻比較會打扮的畜牲罷了。」這是伯安說的。

我心裡不自覺地產生認同。

他跟學妹的感情似乎特別好，好到我們都在猜他們是不是已經在一起了。因爲伯安說學妹有時候會在下課時間買飲料來給育佐，而育佐也會在下課時間回送一瓶飲料回去；不然就是兩個人相約到學校某個樹蔭較大的地方一起吃便當；甚至我跟伯安下課後等他一起放學去補習班時，育佐還會用「要陪學妹去買東西」這種理由打發我們。

這些見色忘友的行徑，讓我跟伯安一度很不爽。

「幹！你他媽的有女人就沒兄弟了是嗎？」伯安半開玩笑半認眞地說。

「不會啊，你們永遠都是我兄弟。」育佐的態度很誠懇。

「既然是兄弟，那你就老實講，你妹妹的胸圍到底是多少？」我問。

「幹！你問這個幹嘛？」育佐搥了我一拳。

「啊……不好意思，我是要問你們進展到幾壘了？」

「什麼幾壘？你們不要那麼齷齪！我們是很單純的。」

「是嗎？那我問你一個問題，你老實回答。」伯安說。

「我每個問題都很老實回答啊。」

「你們在一起了嗎？」

「沒有。」育佐斬釘截鐵，非常肯定地說。

「沒有？」我跟伯安異口同聲地重複了一次。

「對！沒有。」

「怎麼可能？」

「眞的沒有，我們連手都沒牽過，我也沒告白，她也沒跟我說什麼。」

「但是你們看起來就像在交往……」

「啊就眞的不是，像是有屁用喔？」

「所以連曖昧都沒有？」

「曖昧？我是不知道她晚上睡覺前都會打電話跟我說晚安算不算曖昧啦。」

「幹！好幸福！你還說你們沒有在一起！」伯安掐住育佐的脖子，一邊搖晃他，一邊激動地大吼。

「除了晚安，沒說別的？」我比較冷靜一點，我多問了一些問題當作呈堂證供。

「有時候我會想跟她說『我很想妳』，但是我沒講。」

「幹嘛不講？」

「等我考上台清交成政我就會講。」育佐說。

那天，他跟我們保證，會不定期地跟我們報告進度，一點風吹草動都不會略過。

我跟伯安都覺得，他們應該會在一起，只是時間早晚的問題，因為學妹似乎一直在給他機會。

但事實不然。

高三上學期末的畢業旅行，育佐選擇不參加，除了要念書之外，他說他捨不得離開學妹。育佐不去，伯安就興趣缺缺了，他們兩個不去，我就不想跟了。

結果大家都在愉快地準備畢業旅行，我們三個在家裡抱著書發悶。

畢業旅行結束前一天晚上，我在家裡，忙著跟重量莫耳濃度ＰＫ，然後電話響了，我接起來，禮貌地說「你好」，這是我爸媽教我的電話禮節。結果對方沒說話，只是一直嘆氣。晚上接到這種電話還挺毛的，我順口說了句「幹你媽的打電話來不說話，是在嘆個屁氣」壯膽，然後把電話掛了。

大概過了半個小時，伯安跑到我家來按電鈴，說育佐出事了。

他說育佐剛剛打電話給我，結果被我罵幹你媽，所以才打給伯安。

育佐出什麼事呢？

其實伯安一說育佐出事，我心裡就有底了，如果不是什麼車禍之類的人身意外，就是暗戀失敗了。

那年，我們還不滿十八歲，照理說，便利商店是不能賣酒給未成年的我們喝的。但是育佐說一定要喝，而且還要喝醉，我們只好陪他。

想喝酒的話，其實育佐家裡就有一堆維士比跟啤酒，從家裡摸幾瓶來喝就好，而且那是汪爸爸給員工的福利，所以少了幾瓶，根本沒人會注意。可惜育佐說那些東西都放在他爸爸的倉庫裡，而他沒有倉庫的鑰匙。

我們也想過，可以去伯安他爸開的酒店喝酒，不過伯安說那不是我們能去的地方，伯安的爸爸嚴格禁止伯安涉足不良場所，就連他自己開的酒店，也同樣被列爲「禁區」。

「我爸說，如果我去酒店被他知道，他會把我打死，就算去的是他的店也一樣。高雄所有酒店的老闆都認識我爸，當然也知道我是他兒子，所以沒有人會讓我進去。要去我爸的店？還是打消這個念頭吧。」伯安說。

於是，我們三個在便利商店外面猜拳，輸的人得假扮成熟正經，進店裡買一打啤酒出來。

結果輸的人是我。

其實店員根本不在乎你是不是滿十八歲了，他連問都沒有問，就讓我進門拿酒結帳出門，完全沒有加以阻攔，整個過程簡單順利到不行。

我從來不識啤酒滋味，當我第一口酒下肚時，那種感覺眞是難受。

「幹！好苦啊！」我囧著臉。

「媽的！我爸說酒不好喝，原來是眞的！」伯安的表情沒有比我好到哪裡去。

但是，當我們都在囧臉的時候，育佐已經喝掉一瓶了。

那是十二月的冬天，又是一個耶誕節快要來臨的時間，我們坐在公園裡，大象溜滑梯下面的洞裡，手上的啤酒冰得我們的身體一直打顫，但我想育佐可能不只身體冷，他心裡應該也很冷。

「喂！啤酒有沒有薑母鴨口味的？來一瓶吧？」我故意耍幽默。

「羊肉爐比較讚。」伯安配合著我的演出。

但我們的演出並沒有得到育佐的青睞，他連笑都沒笑一個。

接著他開始述說事情發生的經過。

他說學妹的生日快到了，他想買個蛋糕送她。

早上打電話給她時，學妹說今天她不會出門，下午育佐又打了一次，想確定學妹是不是眞的在家時，學妹卻說要跟同學出去一會兒，晚上會回家吃晚飯。

爲了給她驚喜，育佐買了蛋糕，從下午五點開始，就在她家附近她一定會路過的地方等待，一直等到晚上九點。

九點的畫面不用說了，送她回家的是一個騎著很帥的ＦＺＲ機車，感覺像是大學生的男孩子。在她進門之前，他們還深深深深深深深深地吻別。

「一定要那麼多深嗎？」伯安問。

「幹！他們親了至少五分鐘，我都在懷疑那個男生的舌頭會不會從學妹的耳朵裡面伸出來，你說要幾個深？」育佐一邊罵一邊喝著啤酒。

「這麼說，她之前看起來像是給你機會，其實都是……」

「是大便啦！」育佐忍不住咆哮。

是啊，我想，那些機會現在看來，應該跟大便是一樣的。

學妹根本沒有給過育佐機會，從育佐後來去打聽得來的消息判斷，學妹只是把育佐當成備胎。

如果那個大學生不喜歡她，她就會跟育佐在一起。

我猜是這樣，伯安也猜是這樣，事實呢？

他媽的就是這樣！

隔了一個星期，育佐提起勇氣去問學妹：「妳生日那天晚上，送妳回家的男生是妳男朋友嗎？」

學妹先是吃驚，然後否認，接著慢慢地沉默，最後眼眶泛淚，不停跟育佐說對不起。

「學長，對不起，我承認我也喜歡你，但是我比較喜歡他。」學妹是這麼跟育佐說的。一字不少，一字不差。

育佐後來難過了一整個寒假，連過年也沒出去玩，整天都關在家裡。如果不是我們也要各自陪爸媽回故鄉過年，我跟伯安都想去陪他。

後來他說，其實失戀也不錯，可以把過年的壓歲錢通通存起來，因爲你根本沒有出門亂花錢的念頭，一點都沒有。這話說得瀟灑，但我們都知道，那是他的自我安慰。

暗戀學妹失敗之後，育佐又突變了。

只是這次只變了一個東西，就是他的眼神。

我有時候會從他的某個表情讀到一種叫作陌生的訊息，好像這個育佐不是我認識的那個，似乎有些地方已經跟從前完全不一樣。

後來我發現，原來那種陌生，叫作長大。

不只是時間會讓人長大，失戀也是。

仔細想一想就會明白了，為什麼要為了一個不愛你的人哭呢？

# 依賴

少了他們的大學四年，
我過得不若從前愉快。

沒錯，國中、高中的生活確實讓人感到沉悶跟無趣，
原本該是快樂的青春期被無數張的考卷跟紅色的分數給淹沒。

但是有他們在，那像是黑暗中一盞明亮燭火的存在。

當我一個人到台北之後，
我才發現自己對他們有多依賴。

## 14

距離大學聯考只剩兩個月左右時間，育佐拚命念書念到一個幾乎忘我的境界，就連吃黑輪也不忘背英文單字，我跟伯安突然感覺到恐怖，一股不知道從何而來的憂患意識從心裡湧上，我們都驚覺，再不認眞一點，可能眞的會完蛋。

於是，最後那兩個月裡，我們認眞地念著書，一天大概只睡四個小時不到，伯安跟我還約定每天凌晨四點就要起床念書，一直念到聯考前。起床後先打電話給對方，要確定有把對方叫醒，這才是一種正確的互相鼓勵。

結果這種互相鼓勵變成一種互相折磨，因爲我們的起床時間愈來愈早。先是四點起床後，我打電話給伯安，他說他四點不到就醒來，已經念了一會兒書了，我聽了心一驚，想說伯安這個殺千刀的，竟然來陰的，當下決定一定要比他更早起床。隔天他打電話給我時，我早在三點半就刷牙洗臉完畢，連物理的模擬考題都已經做了好幾題。

就這樣惡性循環，我們本來說好四點起床的，不到一個星期，就演變成三點起床。坦白說，到了最後關頭時，我們都有點精神不濟了。

但是有一句名言說得很好：「養肝千日，用在考試。」

平時我們一天到晚不念書，把肝顧得非常好，目的當然就是要在考試前拿來爆。

這種臨時抱佛腳的念書方法有它一定的效果，本來我跟伯安都以爲，在大學錄取率超低的年代，我們兩個應該會落榜的，卻沒想到，最後竟然通通都考上了大學。

育佐是我們三個當中考得最好的，這一點都不令人意外。但他並沒有考上台清交成政，這讓他非常地高興，他說伯安說的對，一切都是註定的，他之所以沒考上台清交成政，原因在於老天爺要他忘記學妹，所以把他留在高雄念中山中文。

伯安考上東海歷史，而我則是考上東吳數學。

這下可好，一個留在高雄，一個去了台中，而我更遠，竟然考到台北。

爲此，我們三個曾經冷靜地坐下來商量，是不是要一起重考一年，然後全部都上同一所學校，這樣比較不會孤單無聊。

伯安的家境不錯，育佐家自己開工廠，也算有點小錢，三個人中，就屬我的家世最普通，雖然不缺錢，但也沒有太多餘錢。我爸媽都是上班族，雖然兩個人的薪水足以負擔我們家的日常開銷，但存款實在不多。

東吳是私立學校，當年一學期的學費、住宿費，加起來就超過五萬，這比我爸一個月的薪水還多，我還沒算我的生活費呢。

這麼一盤算後，我第一個舉手說「我贊成重考」。

講這話的同時，我心裡有一點難過，早知道就認眞一點念書，也不用這時候才來煩惱學費太貴，又得跟自己的好朋友分開。

伯安把我的手按了下來，他轉頭看著育佐，「你呢？」

「這不是我能決定的，」育佐面有難色，「我要回去問我爸媽才行。」

「那你呢？」我轉頭問伯安。

「我不用問啦，我考上東海我爸都快爽死了，如果我說要重考，上更好的學校，他肯定爽到天上去。」

「那你小媽不會說話？」育佐問。

「那是我的事，她要說個屁？」

「說你不認眞念書，又要重考一年，浪費時間浪費錢之類的啊。」

「幹！錢是我爸賺的，又不是花她的，最好她敢說話，我一定拿東西砸她！」伯安講得有點激動。

「媽的，你的脾氣從國中到現在都這樣，完全沒改過。」育佐說。

「嗯，」我點頭附和，「我也這麼覺得。」

「他媽的是要改怎樣？人不惹我，我不惹人，是哪裡錯了？」

「有時候不是錯不錯的問題，而是……」

「好啦隨便啦，總之我沒錯的就別想要我低頭啦！」伯安的態度依然故我。

眼看伯安有點火氣了，我們當下結束這個話題，結論是回家跟爸媽商量，要重考就同進退，只要其中一個不能重考，那就是各自去念自己考上的學校。

結果就出事了。

當天晚上，我們又回到公園裡，窩在大象溜滑梯下面的洞裡，而這次要喝啤酒解憂愁的主角變成了伯安。

剛到公園，我就發現他的左臉是腫的，而且還有點瘀傷，問了他很久，他都說「等一下再說，我現在很火、很亂，讓我平靜一點」，聽得出來，他正很用力地壓抑脾氣。

大概過了十分鐘，他才慢慢地說出事情原委。

伯安的小媽在他提出要重考的要求之後，就不停地在旁邊碎碎念，念到他爸爸也開始覺得沒有重考的必要。

「東海歷史系有什麼不好？大學都一樣啦！隨便念一念啦！」伯安的小媽這麼說。

「我是在跟我爸說話，請妳不要插嘴好嗎？」伯安已經不太高興了。

「伯安，對你小媽有禮貌一點，我說過多少次了？」伯安的爸爸卻出言制止了他。

「……」

「其實我看根本就不是有心要重考，」伯安的小媽還沒打算閉嘴，「擺明了是要跟那幾個豬朋狗友混在一起，才想說要重考。」

「我要重考關妳屁事？」伯安忍不住了。

「伯安！我講最後一次，注意自己的口氣！」伯安的爸爸生氣了。

我們都看過他生氣，那是非常恐怖的一件事。

「哎呀！你口氣很差喔？其實我根本就不需要管你，我只是要你清楚知道一件事，我們小時候是日子苦到想念書都沒書念，現在你有大學念還要嫌，還來跟我大小聲說什麼關我屁事，這是誰教出來的小孩啊？」天知道他的小媽是不是故意挑釁。

「還好不是妳教出來的。」伯安不示弱地嗆回去。

「你講話給我小心點。」

「妳才要給我小心點……」

伯安說，話才剛說完，他就感覺左臉一陣劇痛，然後眼前一片黑，一陣強烈的暈眩感立刻從額頭中央往全身散開，接著他倒地，摸了一下自己的鼻子，濕濕的，紅紅的，嗯，沒意外，是鼻血。

「我一直都知道我爸很強，只是我沒想到會強到這樣。」伯安苦笑著，伸手摸了摸自己的臉，「他賞我一巴掌，我到現在還在暈，幹……」

連伯安這樣的身材條件都被一巴掌擊倒，我無法想像那巴掌打在我身上會是什麼感覺，我想我的頭大概會爆炸吧。

「我就說你爸是黑社會老大吧，老大通常都很強……」我故意開玩笑。

「我開始想承認你的話了，子謙，他眞的像黑社會老大。」伯安一反從前的態度。

後來伯安講了一件事，是他爸爸一直都沒告訴他的事。

伯安從來不知道他親生媽媽爲什麼要離開家，直到今天，他爸爸才吐露眞相。

伯安說，當他聽完他爸爸所說的話之後，他克制不住自己，把客廳櫃子上的東西砸爛了一半，結果又被他爸甩了第二個巴掌，他爸爸還對他說：「如果你在這個家過得很不開心，你就給我滾出去自力更生！」

然後，他轉述了他爸爸說的話。

「你最好對你小媽尊敬一點，她一直都是個好人！」

「你要知道爲什麼我要娶你小媽嗎？你知道爲什麼你媽要離開這個家嗎？我他媽的今天就告訴你！」

「你媽在外面有男人，所以我們才選擇離婚。她跟那個男人在一起很久，在我們結婚之前，她還跟他生了孩子，一直到你已經四歲了，我才發現這件事。我經營酒店幾十年，見過多少女人，但我對天發誓，我從來沒有對不起你媽媽，但是她卻對不起我！」

「我爲什麼娶你小媽？因爲她誠實！沒錯，她不太會說話，她常講一些不經大腦的蠢話，但是她誠實、不亂來，她很安份，她會恨你媽是爲了跟我一鼻孔出氣。」

之後伯安說什麼，我們其實聽不太清楚，因爲他一把鼻涕一把眼淚，講的話都糊在一起，我們沒一句聽得懂的。

我相信每個人家裡都有自己的問題，而當這些問題可能影響到下一代的時候，大人們往往會選擇把戰線拉到未來，「等他長大一點再說吧」、「等這孩子懂事了之後再說吧」，對，他們都會這樣想。

我不禁思考，或許將來，我也會變成這樣的大人吧。如果我遇到了類似的問題，我應該也會選擇這麼做。

但，這麼做對嗎？

其實哪有什麼對不對呢？

年紀太小的孩子，你告訴他這些，他一定不懂。

已經懂事的孩子，你告訴他這些，他不一定會跟你有相同的想法，或許會冷靜地接受，又或許會鬧一陣子革命，才能重拾平靜。

也或許，他根本就直覺地選擇叛逆，「憑什麼要我接受？」或許他會這麼想。

你要說他的想法不對嗎？坦白說，沒什麼不對的。

上一代的事情關這一代屁事，又爲什麼要這一代來接受上一代的惡果呢？

常常聽到一些宗教學家說，「愈難解決的事情，就必須愈有智慧。」

這話說得很好，也完全沒有任何錯誤。

但是，「智慧」這種東西，就像每個人口袋裡的錢一樣，因爲每個人的口袋深度不一，擁有的金額也有多寡之別，所以，並不是每個人都有同等的智慧。

要兩個，甚至是多個智慧有高低之差的人，共同解決一件需要相同智慧才能解決的問題，恐怕需要很長的時間。

所以，伯安選擇離開家了，他說他需要時間來接受這件事。

是的，他用的字眼是「接受」，而不是「解決」。

「因爲連我爸都不知道該怎麼解決，而我也沒辦法解決。」

因爲如此，重考與否的這件事，我們就再也不討論了。

因爲跟爸爸翻臉，伯安決定一個人去台中，從此半工半讀，不再拿家裡一分錢。

我們就這樣決定「分開」了。一個南，一個中，一個北。

「家家有本難念的經，而且都還是厚厚的一本，念都念不完。」育佐嘆息。

「嗯，」我點點頭，「而且還可能愈念愈厚。」

「育佐，」伯安擦了擦鼻涕跟眼淚，「你還記得國三那年，你說的那句廢話嗎？」

「哪句？我說了很多廢話啊。」育佐完全摸不著頭緒。

「我們都已經不再是孩子了這一句。」

「喔？」育佐抓一抓自己的頭，「這是我說的？」

「對，這是你說的。」我很確定地點點頭。

「喔，我說的，然後呢？」

「我現在才發現那句廢話其實隱藏很多意義。」

「眞的嗎？廢話有意義喔？」

「幹！育佐，你這個天才，」伯安打了一下育佐的頭，「那句廢話意義可大了。」

「喔，那是什麼意義？」

「那其實是一句很痛苦，卻包含眾多意義的話。」說完，伯安狠狠地喝了一大口啤酒。

「你快說啦，賣什麼關子！」我急著想知道。

伯安看了我一眼，又喝了一大口啤酒，直到喝完了手中的酒，才捏掉罐子說：「因爲它代表著，長大後的一些鳥事情，會一件一件地來找你。」

聽完，沒有人接話，大象溜滑梯洞裡的世界，是一陣沉默。

好像我們都各自掉進一個思惟裡，而那個思惟像是流沙一樣，慢慢地把我們吃下去，一分一分地吃下去，直到滅頂。

我當時在想，十八歲的我們，會在大學裡發生什麼事呢？又哪些會是伯安所說的鳥事？

二十歲的我們，又會發生多少鳥事？

大學畢業之後的我們，在當兵的時候會發生多少鳥事？出社會之後又會經歷多少？

然後三十歲，然後三十五歲，然後是人生過了一半的四十歲、四十五歲……

那些「不再是孩子了」的事情，幾經多少流轉之年，會讓我們在回想過去的時候感到欣慰？感到驕傲？還是只會感到悲傷跟懊悔呢？

「未來」一到，就會有答案了……吧。

只是，那年的大象溜滑梯的洞裡，那一陣沉默，讓我突然感覺一陣孤單。

因為那些「未來」的故事，將不會再是三個人一起經歷的了。

一個南，一個中，一個北。

那些「未來」的故事，將不會再是三個人一起經歷的了。

## 15

少了他們的大學四年，我過得不若從前愉快。

沒錯，國中、高中的生活確實讓人感到沉悶跟無趣，原本該是快樂的青春期被無數張的考卷跟紅色的圈圈叉叉給淹沒，但是有他們在，那像是黑暗中一盞明亮燭火的存在。

當我一個人到台北之後，我才發現自己對他們有多依賴。

有時候跟自己的大學同學一起到士林夜市吃東西，會不經意地叫錯名字。

「喂！伯安！幫我買一塊他媽的豪大大雞排！」我下意識地脫口而出。

「啥？伯安是誰？」同學一臉疑惑地回問。

「喔！沒啦，我叫錯名字了，我是要麻煩你幫我買一塊雞排。」

「那為什麼雞排前面要加一句他媽的？」他還是一臉不解。

因爲伯安會用他媽的來形容那塊雞排。

我想這樣跟同學解釋，但我想他不會懂。

又或者有時候跟同學去看電影，我會下意識地說：「育佐！幫我買一包吱吱叫爆米花。」

「啥？育佐是誰？」

「喔！沒啦，我叫錯名字了，我是要麻煩你幫我買一包爆米花。」

「你爲什麼又叫錯名字？而且，爲什麼爆米花會叫作『吱吱叫』呢？」

因爲育佐會用很無聊又很好笑的廢話來形容爆米花。

我想這樣跟同學解釋，但我想……

是的，他還是不會懂。

有時候我躺在宿舍的床上，看著其他室友在房裡走來走去，或是在好幾間寢室裡穿梭吼叫的時候，我都會想：「如果他們就是伯安跟育佐，那一定很好玩吧。」

於是，一個不知道吃錯了什麼藥的夜裡，我提起筆，寫了兩封信，一封給育佐，一封給伯安。

第一封先寫給育佐。

Dear 育佐：

我現在正看著窗户外面，一輪明月高掛在天上，那像是通往天堂的路上的第一盞路燈，如此明亮、純淨無瑕。你看見了嗎？你知道爲什麼我要跟你聊到月亮嗎？

因爲我剛剛大完便。

可能你會想，大便跟一輪明月有什麼關係？其實你是對的，沒有關係，但因爲我突然想要寫信給你，又明白你是個廢話很多的人，所以我要用跟大便完全無關的月亮來當引言，才能表現出我的廢話功力其實不在你之下。

好啦，別笑，我想認眞地跟你說，其實台北根本就沒有想像中那麼好玩，雖然我已經跟班上同學還有學長姊去了很多地方，像是陽明山、冷水坑、士林夜市跟雙溪釣蝦，但我覺得，可能是因爲少了你跟伯安吧，我一直都玩不太起來。

這是習慣問題吧，我想。

從小就習慣你們兩個在我耳邊說一些阿里不達、不三不四的話，現在聽不到，還眞的有點不習慣。

我班上同學說我似乎有點安靜，有個女同學還說我是眼神中帶點憂鬱的氣質王子。坦白說，雖然我一直都知道自己有王子的氣質，而且長得玉樹臨風、氣度翩翩，身上放出這種光芒，實在很難讓人不注意到我，但是從別人口中聽見這些讚美，還是有點不好意思。

幹！你給我放尊重一點喔，是在吐怎樣的？

總之，回信給我啦，我在台北無聊死了。

祝：吐死

又，快把你妹的胸圍數字交出來！

子謙

第二封寫給伯安。

Dear 伯安：

我剛剛寫了一封信給育佐，本來已經要去睡了，但是心裡覺得，寫信給育佐卻沒寫給你似乎不太好，所以勉爲其難，再寫一封給你。

感動吧？快點叫大爺！

不知道你現在在台中過得怎麼樣？我曾經打電話去宿舍找你，但你室友說你出去打工，早上才會回來，原來你已經找到加油站大夜班的工作了，而且是在台中金錢豹隔壁那一間加油站上班，我想，那一定很刺激吧？

聽說半夜都是一些黑社會的人開著黑頭車去加油，看你服務不錯還會賞一些小費，這是眞的嗎？不過我看你這種性格，應該拿不到小費才對，只要不揍人就不錯了，還拿小費呢！

寫到這裡，突然哈欠連連，看了一下時間，要命喔，已經凌晨快四點了，本來想隨便寫個晚安就結束這封信的，但讀了一遍，發現沒頭沒尾的，好像不太好，這時我靈機一動，乾脆把剛剛寫給育佐的後面三段拿來抄，只把最後幾句話改了一下。

好啦，其實沒什麼事，我只是想認眞地跟你說，其實台北根本就沒有想像中那麼好玩，雖然我已經跟班上同學還有學長姊去了很多地方，像是陽明山、冷水坑、士林夜市跟雙溪釣蝦，但我覺得，可能是因爲少了你跟育佐吧，我一直都玩不太起來。

這是習慣問題吧，我想。

從小就習慣你們兩個在我耳邊說一些阿里不達、不三不四的話，現在聽不到，還眞的有點不習慣。

我班上同學說我似乎有點安靜，有個女同學還說我是眼神中帶點憂鬱的氣質王子。坦白說，雖然我一直都知道自己有王子的氣質，而且長得玉樹臨風、氣度翩翩，身上放出這種光芒，實在很難讓人不注意到我，但是從別人口中聽見這些讚美，還是有點不好意思。

不過你別想太多，這個女同學不是正妹。

我們學校正妹如雲，但數學系例外，我覺得當初應該跟你們一起選擇第一類組的，因爲中文系的女生眞是漂亮。

OK，不廢話了，我不是育佐。

已經快四點半了，我要睡覺了。

記得回信給我啊！

祝：隨便啦

子謙

大概過了一個星期，我先收到伯安的回信，然後是育佐的。

伯安的信是這樣寫的：

Dear 子謙：

你他媽的王子，半夜四點半還沒睡覺，還可以寫信，我看你是過太爽了！

我每天都在學校打瞌睡，因爲大夜班賺的眞的是辛苦錢，結果你寫信來跟我説你去陽明山、冷水坑、士林夜市玩，還説你們班的女同學叫你憂鬱王子？

王你媽個逼！我看你是活膩了！

你在台北無聊關我屁事？我就不無聊嗎？

一個人在台中你以爲我很好過？我爸上星期寄給我一張提款卡，還寫了一張紙條，提醒我要照顧自己，説帳户裡面有幾萬塊，是要給我當生活費的，用完了再打電話回去給他。

他媽的我連理都懶得理他，提款卡我丟進自己的抽屜，他媽的我就是不想用他的錢，老子我就是要自力更生啦！幹！

你自己摸著良心問問，我連我爸都不理了，竟然犧牲自己上課打瞌睡的時間來給你回信，這夠偉大了吧？

感動嗎？快點叫大爺！

祝：隨便啦

伯安

看完伯安的信，我笑到彎腰。

接著打開育佐的信，厚厚的一疊信紙，代表他的廢話功力又更上一層樓了。看完，我笑到眼淚都飆出來。

Dear 小謙謙：

我眞想當面誇獎你一番！連我看完憂鬱王子那一段會吐你都算到了，人稱鐵齒神算陸小謙，果然名不虛傳，眞是失敬失敬。

你知道嗎？你大便之後寫信給我的那晚，那輪明月似乎也同時掛在我的窗前，你說的沒錯，那就像是通往天堂路上的第一盞明燈，指引著你趕快去跟媽祖懺悔！

我每天都在西子灣的夕陽餘暉照耀下離開學校，那一道道溫暖的橙光，是我對學校難以自拔的依賴，再加上日以繼夜、滔滔而來、連綿不絕的對你的思念，讓我不禁想起學友的一首情歌：

「前塵往事成雲煙，消散在彼此眼前，就連說過了再見，也看不見你有些哀怨，給我的一切，你不過是在敷衍，你笑得愈無邪，我就會扁你扁得更狂野。」

其實，我應該要感激你，在大便之後竟然想到要寫信給我，這種尊崇，小弟實在是收受不起。所以，爲了表達我心中無限的感激……

我剛剛也是大完便才來寫這封信的，而且我還故意不洗手。你咬我啊，王八蛋！

快把信湊近鼻子聞一聞吧，我相信這張信紙上會有我的「香味」。

看見你在台北過得很開心，我也替你高興，你在陽明山及冷水坑等等那些地方所留下的足跡，應該都會是往後甜蜜的回憶了。

只是，少了我跟伯安，那些回憶是不是也少了什麼呢？

就像我在文學院的山崖上，望著那一道道從雲裡篩落而下的晚陽，惹得一片大海橙得發亮時，我也會想起你跟伯安，心裡會有這麼一句話浮上來：

「如果那兩個王八蛋在這裡的話，我就立刻跳下去！」

好啦，這封信到此該結束了，再寫下去我眞的會想跳崖。

最後一件事，我一定要告訴你，我想你應該要好心一點，叫你那個女同學去看眼科，畢竟會眼花到把一個畜牲看成王子，病情實在是嚴重了點。

在此報告，高雄一切安好，包括我在內。

而且我發現你跟伯安離開高雄之後，空氣竟然清新了起來，連愛河都不臭了。

祝：媽祖保佑，阿彌陀佛

又一，我妹的胸圍干你屁事。

又二，由此信可知，你的廢話功力根本不及我的萬分之一。

神之育佐

看完他們的信，我只有一個心得，三個字——

他媽的……

他——媽——的——

# 16

大三下學期，農曆年剛過不久，我回到宿舍之後，室友亮仔說有一通電話打來找我。

亮仔是個很愛開玩笑的人，什麼話題都有辦法開玩笑。不管是冷的還是熱的，只要他高興他就開玩笑，別人覺得不好笑也沒關係，他高興就好。

通常這種人有時候會不被喜歡，甚至可能被排斥，但其實你仔細想一想，他們根本不怕被排斥，因爲他們永遠都以自己的高興爲主，永遠都過得很快樂。

而我們呢？很在乎別人看法的我們呢？

我們常常在擔心、在意或煩惱一件事的時候安慰自己說：「哎呀，想那麼多幹嘛，人生苦短，快樂比較重要。」

說都很會說，要做還眞的挺難的，對吧？

所以相較之下，像亮仔這樣可能被排斥的人，反而比較快樂吧？

扯遠了，話題回到那通電話。

「有通電話找你。」亮仔說。

「誰？」

「一個女生。」

「有留名字嗎？」

「她姓張。」

姓張？我想了想，突然想起一個人。

「是張怡淳嗎？」

「不是。」

「不然呢？」

「她說她是你的女朋友。」

「啊？」

「她說她懷孕了。」

「啥？」

「她說要你回家。」

「回啥家？你在說什麼？」我一臉莫名其妙。

然後他哈哈大笑起來，「看看你的表情！哇哈哈哈！」指著我的臉，他繼續放聲大笑。

你看，我說的對吧？他就是這種會自己開玩笑然後自己笑翻的人，即便其他人都不覺得好笑。

還好他的生活習慣不算糟，也沒有什麼半夜不睡唱山歌，或是聽到外面有狗叫就會衝出去罵髒話之類的怪習慣，所以當個室友還算ＯＫ。

「幹……」我勉強擠出一點笑容，「很好笑喔？」

「好啦，不鬧你了，」他漸漸收起笑聲，「你媽打來的啦，要你記得回家投票。」

我這才想起，那年是第一次總統民選，新聞天天在播總統大選的事。

這一組候選人說那一組候選人很爛，那一組候選人又說另一組候選人更爛，巴拉巴拉……

每次有選舉就這樣，大家都忙著批評對手有多糟，好像他們站上那個爲民服務的舞台就是要比爛的，而更奇怪的是，最後總是有爛人會當選。

但是我根本不管誰會當選，我甚至不想去投票。

不過當我反應過來，發現我的生命中竟然已經出現了「投票」這件事的時候，我才意識到……

媽呀！我已經二十歲了！

已經二十歲了，連一次戀愛的經驗都沒有。

我何嘗不想戀愛呢？

剛進大學時，不到兩個月，班上的女孩子就已經外銷了好幾個，聽學長說，剛入學的學妹，初來乍到一個陌生的城市，對環境還不熟，只要透過一些迎新或社團活動，很快地，就可以跟她們拉近距離，而且大一女生比較單純好騙，所以通常都會被學長追走。

「那爲什麼沒有學姊來騙大一男生？我們也很單純好騙啊。」我不懂。

「因爲學姊在大一時就被男人騙過了，當她們變成了學姊，就不會再相信男人了。」學長的回答好像還眞有那麼一點道理。

其實我大一的時候，曾經有過一次約會經驗，那是我在大學的第一次約會，對象就是那個說我是憂鬱的氣質王子的女同學。

她叫王寶惠，全身上下、從頭到腳仔細地看了她一次之後，你就會用一個字來形容她：「圓」。

好啦，我承認她眞的不是胖，但感覺就是圓圓的。

大概一百六十公分的身高，體重我不知道，不過應該超過五十五，眼睛爆大顆的，瞳孔的部分非常圓，而且清晰明亮。臉也圓圓的，兩隻耳朵也是很圓的半弧形，而且喜歡用髮箍把自己的頭髮往後固定，看起來像是剛要升高中的小女生。

她在班上話不多，雖然眼睛很大，但眼神裡一直都有一種明顯的不安感，時常眼睛眨呀眨地看著四周。

同學們跟她說話，她的反應有時候很高興，有時候冷冷的，班上大部分的同學都覺得她有點奇怪。

只有我不覺得。

因爲她坐在我旁邊，我還經常跟她聊天。

不過一開始並不是我主動找她，是她先跟我說話的。

我記得那時候她問我，「那個……立可白……可以……借一下嗎？」

然後我耍了個冷，對她說：「這不是立可白，這是歐蕾。」說著，還把立可白拿在手上，作勢要往臉上擦。

那時我只是開玩笑，來個育佐上身，廢話了一句。

結果她笑得很開心，我發覺她是個有著非常可愛笑容的女孩子。

後來我經常找她說話，但她卻好像不太想跟我聊天，我和她之所以聊不起來，原因是，她總是說完一句話就走了。

「陸子謙，你的眼鏡很好看。」

「陸子謙，你的字很好看。」

「陸子謙，你的衣服很好看。」

「陸子謙，你的球鞋很好看。」

就是這樣，我沒什麼回話的機會。

有時候我會在她叫我名字的時候，立刻問她一句「今天又是什麼很好看」，她就會說「都不好看」，然後笑得很開心地離開我的視線，留下被將了一軍的我，晾在原地。

當她再也不說我的什麼地方好看之後，她改說「陸子謙，你明天有沒有空」。

如果我回答有，她就會很開心地笑一笑，然後離開我的視線，留下一頭問號的我在原地。

如果我回答沒有，她就會面無表情地點點頭，然後離開我的視線，又留下一頭問號的我在原地。

然後她把明天改成後天，後天改成下個星期，下星期改成下下星期。

有一天，我終於忍不住問她，「妳問了我很多次有沒有空，妳到底要幹嘛？」

結果她反問我，「我有問嗎？」然後又笑笑地跑開了。

我這才開始發覺，她是個很奇怪的女生。

伯安說我的反應只比恐龍快一點點點點點點。

之後，一個非常炎熱的午後，她在餐廳門口攔住剛吃完午餐的我。

「陸子謙，我可以找你去看電影嗎？」

「喔？OK啊，要看哪一部？」

「你決定吧。」

「我也不知道耶，那到戲院再看看好了。」

「好。」

「還有誰要去？」

「沒啦！就我們兩個。」

「沒了？」我有點吃驚。

「對啊……你想找別人嗎？」

「啊……不是，我原本以爲有很多人要一起去。」

「如果你想找其他人，那也沒關係啊。」

「沒沒沒，我們兩個自己去也可以。」我說。

那天約好晚上七點，她到學校大門口等我，我們一起吃個晚飯再看電影。

但是我忘了要一起吃飯這一段，所以我在宿舍一邊打電動一邊嗑了一個便當，等到時間到了，我來到大門口之後，她問我想吃什麼，我竟然很白目地說：「還吃？我都快撐死了！」

她當下沒什麼反應，但事後我猜，她是餓著肚子跟我去看電影的。

我完全不記得當時我們看的是哪一部電影，只記得那是一部會讓人哭的片子，因爲她眞的是一把鼻涕一把眼淚地走出戲院。

然後她就把我嚇到了。

她哭完之後說她很渴，要喝水，我去買了水給她，她喝沒兩口之後開始喘，額頭不停冒汗。

「妳怎麼了？」我有些害怕，不知道該怎麼處理。

「沒、沒事，我只是有些不舒服，快點回宿舍就好了。」她說。

送她回宿舍之後，她連再見都沒說，只是揮揮手，連看都沒看我一眼，拔腿就往宿舍裡面跑，我本來以爲她隔天可能會請假，結果她很正常地出現在我旁邊。

「妳昨天……」

「沒事啊，休息過了就好了。」

「喔……」

我本來想繼續追問，但是話只吐到喉頭。

接著她常常找我看電影，或是要我帶她去打籃球。

因爲我籃球打得不好，不是很擅長運動，所以我跟她說打籃球不行，她就問：「那羽毛球？桌球？保齡球？排球？撞球？」

我當下覺得有點莫名其妙，抓不著她的想法。

後來有一次班上同學聚餐，原本跟我聊天的一群男同學，趁著她去上廁所時，把閒聊的話題扯到我跟她身上，其中有個同學跟我說，她其實在喜歡我，我聽完哈哈大笑，卻正巧被上完廁所回來的她看到。

只見她眼睛像快要噴火一樣地走過來，說：「我喜歡你很好笑嗎？想不到你是這樣的人！」

然後我就傻眼了，當下所有人都傻眼了。

我那時候的錯愕實在不知道該怎麼形容。

我一面跟她道歉，一面解釋著，我大笑不是因爲她喜歡我，而是因爲我覺得不太可能會有女生喜歡我。

但是她完全不聽，拿了東西就要離開，一邊走還一邊哭。

我們班的男生拍拍我的肩膀，要我保重；我們班的女生要我負責把她哄到不哭爲止。

我寫了mail，上課也寫了紙條，還到宿舍門口去等她，跟她說抱歉，但她完完全全不接受。

過了沒多久，她竟然自己用頭撞破女生宿舍的浴室鏡子，目擊者說她自己一個人站在鏡子前，好像在喃喃自語，接著她猛力往前一撞，鏡子破了，她的額頭也被玻璃割出一道長長的傷口，鮮血不停地冒出來。最後是舍監打電話叫救護車，才把她送到醫院縫合。

後來我們才知道，原來她患有焦慮症，高中時還曾經出國就醫，定期服用藥物治療後，她的情況大幅改善，只是上大學之後，以爲病好了，就不再服藥，沒想到病情卻復發了。

她的母親來學校辦休學、接她回家的那天，她打電話到我宿舍找我。

「子謙，對不起……」說完這句話，她就哭了。

「幹嘛對不起？」

「以前……我……」

「喔！那個啊，妳別放在心上，沒什麼好對不起的，不要想太多，趕快回去養病吧。」我安慰著她。

「你知道我很喜歡你嗎？」

「嗯，我知道。」

「那你喜歡我嗎？」

「啊……我……」

「你不喜歡我沒關係，但你千萬不要討厭我……」

「不會，我不會討厭妳。」

「那我們明年見……」

「好，妳好好把病治好，明年見。」

後來，我再也沒有見過她了。

是病一直沒好，還是重考考上其他學校，或是有其他的原因，我不得而知。

就這樣，我這輩子第一次離愛情那麼近，卻是這種結果。

沒多久後，我接到伯安的電話。

他說：「我交女朋友了。」

為什麼畜牲會交到女朋友？

## 17

我之前說過，我們三個第一次暗戀的順序是伯安，再來是我，最後是育佐。而戀愛的順序也一樣。

所以大二那年伯安交了女朋友，再來換我，最後是育佐。

不過若是以追求女生所花的時間來算，順序就整個倒過來了。耗時最久的是育佐，再來是我，最後才是伯安。

育佐追他的第一任女朋友花了四年半，我花了兩個月，而伯安呢？

「十天。」

「幹！」

「畜牲！」

幹是育佐說的，畜牲是我罵的。

伯安是在加油站附近的一家便利商店認識他女朋友的，她是靜宜大學的學生，跟我們同年，名字叫朱曉慧，念的是會計系。

伯安說一切都是註定的，我真的開始相信這句話。

他說加油站的領班每天清晨五點半過後，就會到便利商店去買報紙，有時會順便買一瓶牛奶請伯安，但從來沒有叫他跑腿。但是有一天晚上，好死不死的，這個領班在上班途中，就在離加油站不到一百公尺的地方，一輛停在路邊的車底下，突然衝出一隻貓，把領班嚇到摔車，雖然不嚴重，但擦傷處處，而且腳有扭傷。於是那天伯安受託去替他買報紙。

就這樣，他跟曉慧見面了。

「幹！」他在電話裡面說：「你知道驚爲天人怎麼寫嗎？」

「我知道，吃驚的驚，爲人處事的爲，天堂的天，你是畜牲不是人的人。」

「靠北邊……」

然後他就在電話裡跟我詳述他跟曉慧怎麼開始聊天、怎麼要到E-mail（那年還沒有手機，電信已經開放民營，但尚未開台營業）、怎麼約出來看電影，連怎麼牽手跟接吻都說了。

但我聽完立刻忘光！我不容許自己記得一個畜牲是怎麼交到女朋友的。

我問他，「你有跟育佐講這件事嗎？」他說有，而且跟育佐講完馬上打給我。

「那育佐說什麼？」

「幹。」

「我問你他說什麼，你罵我幹嘛？」

「我沒罵你，他就是說幹。」

「眞難得他沒有廢話，一針見血。」我哈哈大笑著。

伯安第一次帶曉慧來跟我們見面時，我問她，爲什麼大夜班是女生在站，不怕危險嗎？她說晚上當班的不只她一個人，那家便利商店的老闆跟老闆娘都住在店裡，就是倉庫後面。然後我又問，爲什麼要做便利商店的大夜班？她說因爲她是夜貓子，她覺得晚上活動比較自在。

「所以妳跟伯安一樣，都是上完大夜馬上接著去上課？」

然後他們兩個點點頭，「對。」

他們兩個看起來很登對，也很甜蜜，好像在一起很久一樣，默契十足，不過伯安卻因爲曉慧丟了加油站大夜班的工作。

因爲他的領班喜歡曉慧已經很久了，一直追都追不到，約也約不出去，結果被伯安追走，他一整個非常不爽。

有一天晚上，領班故意找伯安麻煩。明明已經排了四部車在等加油，他就是自顧自地看漫畫，不管伯安怎麼喊他，他就是不工作。

領班爲什麼這樣，伯安其實心裡有底，上大學後自力更生的經歷讓他成熟了許多，心想平時領班偶爾請他喝牛奶，也對他不壞，所以沒打算跟領班計較。只是沒想到領班在下班時卻故意走到他旁邊，嗆他一句「幹你媽的你小心一點」。

「我們兩個在人行道上吵了起來，吵完他轉頭就走，我以爲就這樣結束了，沒想到他是去摩托車上拿安全帽，狠狠地朝我丟過來。」伯安說。

這是伯安第三次打架了，前兩次有我跟育佐陪著，這一次他一個人孤軍奮戰。

隔天，伯安就去跟站長請辭，理由是大夜班的工作影響了他白天的課業，但其實大家都知道，眞正的原因是，他跟領班沒辦法再繼續一起工作了。

伯安辭職之後，曉慧也跟著同進退，辭掉了便利商店的大夜。

他說領班註定要爲了一隻貓摔車，所以他註定要去買那一份報紙，也註定要跟曉慧在一起，那頂安全帽註定會砸在他身上，而他們也註定要離開日夜顚倒的生活。

把註定論搬到育佐身上，會不會跟伯安一樣得到驗證？

我說給你聽，你自己判斷吧。

育佐大三那年遇到了他喜歡的對象，那是一個大四的學姊。

坦白說，一開始我根本記不得那個學姊的名字，因爲我們都學姊學姊地叫，後來習慣了，也懶得去記她的名字。

我一直無法相信，育佐竟然會花四年半的時間去追一個女孩子。我並沒有明指暗示他這個人很花心的意思，而是四年半眞的很久。他們之間共同經歷了大三、大四、育佐當兵兩年，還有學姊出國遊學半年的歲月。

爲什麼這麼難追？坦白說，只有一個原因。

「我實在很難接受年紀比我小的男生。」學姊說：「連小一個星期都不行。」

育佐問過學姊，那要大幾歲才可以？學姊說，就算年齡差距十歲也能接受。

「那妳交過男朋友嗎？」

「當然交過。」

「年紀都幾歲？」

「最小的大我八歲，最大的大我十五歲。」

「爲什麼妳喜歡老男人？」

「男人的成熟魅力，是你這種毛頭小男生不懂的。」

「我只小妳一歲，我不是毛頭小男生。」

「你是，你是小我一歲的毛頭小男生。而且正確來說，你小我一歲又四個月。你處女座，我金牛座。」

「那妳喜歡處女座嗎？」

「不知道，沒遇過，沒感覺。」

「那妳喜歡毛頭小男生嗎？」

「要我說幾次？我喜歡年紀大的成熟男人，我不喜歡毛頭小男生。」

「年紀大的比較早死。」

「不會，我會把他照顧得很好。」

「不要照顧了啦，就讓他早點死一死，這樣妳就能拿到遺產。」

「遺你個頭。」

「如果妳要求男朋友一定要是三十幾歲，那妳就當我三十好幾了嘛。」

「你看起來像啊，但身分證沒辦法騙人。」

「那我去改身分證？」

「你神經病！」

「我不是神經病。」

「你是，而且病得很嚴重。」

「那妳喜歡神經病嗎？」

「誰會喜歡神經病？」

「我在想，如果妳喜歡神經病，我願意爲妳變成神經病。」

「天啊……」講到這裡，學姊崩潰了。

別說是學姊，我跟伯安聽到育佐轉述這段對話，我們也崩潰了。

育佐跟學姊是在學校海研院前面的堤防旁相遇的，那時育佐跟他班上的吉他社同學正一邊喝著啤酒一邊唱歌。伴著海味，海風陣陣吹拂，幾個大學生，一口啤酒一把吉他，佐著飄揚的弦樂，唱盡傷心與快樂的歌，那眞是一種享受。

然後學姊就出現了。

「幹！你們知道鷩爲天人怎麼寫嗎？」育佐學著那年伯安打電話給他時的口氣。

「……」我跟伯安都無言了。

「如果沒有那幾瓶啤酒，如果沒有我的同學，如果沒有那把吉他，如果沒有那濕濕黏黏的海風，如果我沒有喝醉，我就不會認識學姊了！你們看，這不就是伯安說的『註定』嗎？」育佐難掩雀躍的心情。

是的，那天，他喝醉了。

平時就沒在喝酒，酒量不好很正常，偏偏他同學跟他說唱歌前喝冰啤酒會開喉，飆高音絕對沒問題，而且喝愈多唱愈高。

然後他就醉了。

在半醉半醒間，育佐看見學姊一個人坐在堤防上，他拍了拍同學的肩膀，問說那是不是鬼？他同學還沒回答，他就一個人上前一探究竟。

「喂，小姐，妳是人還是鬼？」育佐站在堤防下，對著學姊大喊。學姊一轉頭，育佐嚇了好大一跳。

「幹！你們知道驚爲天人怎……」

伯安反應很快，出手也很迅速，他立刻從育佐頭上一掌巴下去，「你他媽的快說啦！驚爲天人驚爲天人，我只驚一次你是要驚幾次？廢話怎麼這麼多？」

「我沒辦法不廢話，學姊那個回頭眞的嚇到我了，我想不到我夢中的那個女孩竟然就這樣出現在我面前。」

「你夢中的女孩？」我問號很大一個。

「對！我夢中的女孩！」

「你是說，你夢中的女孩跟學姊長得一模一樣？」

「呃……」育佐猶豫了一下，他抓一抓頭，「我是說……」

「幹！」伯安出手眞的很快，「根本就沒有夢中的女孩對吧！你不要再廢話了！」

「喂！很痛耶！」育佐摸了摸被打的後腦杓，「我只是想強調她的美麗而已……」

「好啦，我們都知道她很美麗，你快點講。」有時候，育佐多話的毛病眞的很讓人受不了。

「她一個人坐在那裡，我猜她應該是心情不好，所以我就問她說，『我唱歌給妳聽好不好？』她沒說話，只是笑一笑，我回頭跟我同學比了手勢，他們就開始替我伴奏了，而且爲了不讓自己破音，我還一邊唱一邊喝酒。」

「你唱歌能聽喔？」

「超好聽的好不好！」然後他就開始唱，「我和你吻別，在無人的街，讓風癡笑我不能拒絕……」

「好好好，很厲害很厲害，別唱了，你繼續講。」我趕緊阻止他，再這樣唱下去，他可能會唱上至少三十分鐘。

那天晚上，育佐唱了好幾首歌給學姊聽，他的同學在旁邊伴奏，他站在堤防下，學姊坐在堤防上，育佐說，那就像是求婚的畫面，美得無法言喻。

「然後我就告白了。」

「啥？」我跟伯安都不敢相信。

「我跟她告白了。」

我跟伯安互看了一眼，心裡覺得不妙。

「你再說一次？」

「我、跟、她、告、白、了。」

「爲什麼會唱歌唱到告白？你才剛認識人家耶。」

育佐搖搖頭，「沒辦法，氣氛使然，那畫面太完美了。」

「她有叫警察來嗎？」

「幹嘛叫警察？我又沒非禮她。」

「那你怎麼告白？」我問。

「我就說我很喜歡妳，跟我交往吧，說完就打了一個很大的嗝。」

「那學姊怎麼說？」

「學姊跟我同學說我喝醉了。」

「然後呢？」

「那個嗝是我最後的印象了，後面發生什麼事我都不知道，隔天我同學告訴我，告白之後，我就躺在地上直接睡著。」

說完，他自己哈哈大笑起來。

這種事發生在育佐身上，其實我跟伯安都不覺得意外。

只是他當時可能自己都沒想到，那幾瓶啤酒的酒精催化之下所換來的，是四年半的苦苦追求。

認識學姊這四年半的時間，她並不是一直維持單身，她不斷地勸育佐放棄她，也曾經跟其他男生在一起。育佐雖然難過，卻完全沒有任何怨言，他說只要學姊開心，他就會跟著開心。

「對方開心我就開心，愛情就這麼簡單的道理而已，所以她愛誰，其實不是重點。」育佐說。

這是他繼「我們都不再是孩子了」之後，第二句能列爲名言的話。

伯安說的註定論，在育佐身上驗證了嗎？

與其說老天爺註定讓他們相遇，不如說育佐註定要辛苦這四年半。

又或者應該說，學姊註定要栽在育佐的手上。

因爲學姊最後決定跟育佐在一起，而那天，他做了一件很浪漫的事。

那四年半的時間裡，學姊的戀情似乎不是很順利，中間的波折我不太清楚，育佐也沒有透露太多。

只是每次學姊覺得難過時，她就會打電話給育佐，聽完他的廢話，心情就會好很多。

一直到她跟男朋友分手了，學姊心灰意冷地離開台灣，到美國遊學，順便療癒情傷，開始跟育佐透過E-mail聯絡。

有一天，她打開信箱，發現育佐寄來一首詩：

我愛風箏，但線不在我手上，
在雲的背上，妳自由地遨翔。
燈燭將熄，我願是燒到盡頭的芯蕊，
火盡情地燒吧，生命本來就該有光亮。
闌干星斗，縱橫交錯在天上，
姍姍來遲的月，映了一地白光，
處處銀白，是星與月迷幻的交響。

很難想像育佐這種廢話很多的人能寫出這樣的東西，而且還在詩裡面藏了一句密碼。

「就是那句密碼騙到我的。」學姊狀似氣憤，但臉上滿是笑意。

「我在燈火闌珊處」，這是很美的一句話。

好像浪費多少生命去等待都沒關係，因爲一切都值得。

我在燈火闌珊處。

## 18

育佐二十歲時遇到學姊，到他們確定在一起那年，我們都快二十五歲了。而我跟許媛秀，也是在同一年分手的。

有時候我很想問育佐，那「燈火闌珊處」是一個地方？還是一種感覺呢？因爲等待許媛秀的愛，我像是站在冰天雪地裡，感覺不到被愛的愉快。

其實我在大三的時候，有一個曖昧的對象。

那是一個外文系的女孩子，聯誼的時候認識的。

閒聊時，她跟我說起上一段交往經驗，她說她前男友既不體貼又愛生氣，疑神疑鬼又佔有欲強，分手之後還頻頻糾纏，死抓著不放。「兩個個性不合的人，在看清了事實之後，就不要在一起了嘛，不要浪費時間，不要磨光了剛開始交往時的快樂回憶，分手了就分手了，爲什麼還要一直糾纏呢？」

然後她問我，爲什麼男生會這樣？

其實我也不明白，所以我回答她，「對不起，我不知道，大概是他還很喜歡妳吧。」

我不否認，對她，我有一些想像，但是想像再怎麼美好，都是我自己的腦內補完。

所謂腦內補完，就是事情才剛開始發展，一切都尚未明朗化時，就已經在腦子裡自行發展、想像、完成後續所有的劇情，或是幻想往後會發生的事情，但在眞實世界裡，事情根本不會照著自己想像的劇本走，一切都只是自己在幻想，這叫作腦內補完。

我也不否認，她確實有一種會讓人自己挖洞跳下去的魅力，或許是因爲她比較主動吧，通常男生比較難抵抗主動的女生，如果她的外形又不錯的話。

不過，儘管我腦內補完，儘管我挖洞給自己跳，我心裡還是有一種很不舒服的感覺，而且我很明白地知道，那個不舒服的感覺，叫作沒安全感。

我們看了幾場電影、吃了幾次飯，還一起上過陽明山看星星。在這些類似約會的行爲之外，我們沒有任何承諾與約定，甚至連一點點「我們是男女朋友」的默契都沒有，即使她會牽我的手一起走，又即使我曾鼓起勇氣，刻意在看星星的時候摟住她的腰。

但我們是男女朋友嗎？

不，這個問題從來不曾得到解答。

有一天，她約我一起去吃晚飯，在學校門口，一個男的擋住了我跟她的路。那男的指著我問：「這是誰？」她連想都沒想，就衝口而出「我男朋友」。

她的答案讓我很訝異，又很莫名其妙，而眼前是眼睛裡冒著火的前男友，面對一個可能是來找麻煩、隨時可能一拳揮過來的人，我的身體不自覺地處於警戒狀態。

總之，那當下，我一整個很緊繃，好多情緒跟狀態同時上身。

大概有三十秒鐘左右的沉默吧，沒有人說話，三個人就只是站在那裡。

然後那個男的開始大哭，停不下來的那種大哭。嘴裡嚷著什麼「我沒想到妳這麼快忘記我」之類的話，但因爲他一邊哭一邊喊，我聽得不是很清楚。

我本來想跟他解釋，說明其實我不是她男朋友，但是她拉住我的手，像是在跟我打Pass，然後又勾住我的臂膀，故意裝出親密的樣子，是的，故意，我感覺得到她是刻意這麼做的。

我們離開的時候，那個男的還在哭，就連我們都已經上了機車、戴上安全帽了，他還站在原地痛哭。我問她，爲什麼要騙他？

她的回答是，「未來的事誰都說不準，說不定我們明天就眞的在一起了，對吧？那你覺得我有騙他嗎？」

突然間，我覺得這個女生伶牙俐齒到不行，跟她相處，我開始有一種壓力。

大概兩三個星期之後，我們去逛饒河夜市，在夜市入口處，她突然問我：「在這種人潮洶湧的地方，你敢跟我接吻嗎？」

當下我臉紅到後耳根，完全不知道要怎麼回應。坦白說，我根本不曾跟女孩子接過吻，我甚至沒想過我的初吻會是被要求的。

「二十一歲了！我的初吻終於要送出去了嗎？」我當下想的只有這句話，其他的，一片空白。

然後她把唇湊上我的嘴巴，然後很快地把舌頭伸進我的嘴裡。不到三秒鐘，她的頭往後，雙唇離開了我的嘴，主動結束了親吻的動作，然後看著我。

「你不會？」

「不會什麼？」

「接吻。」

「嚴格來說，不會。」

「從來沒有過？」

我沒說話，只是點頭。

「所以剛剛那是……」

「對，我的初吻。」我故作鎮定，還故意笑笑的。這時候好像應該要瀟灑一點，不然旁邊很多人，不知道有多少人看見我的蠢樣。

從夜市頭走到夜市尾，她很開心地拉著我到處吃、到處看，而我一直在想著剛剛那個吻，回憶著剛剛她舌頭的味道。

「原來，是這種感覺。」我心裡的O.S.這麼說。

載她回到宿舍之後，我問她，親了、吻了，我們是不是男女朋友？

她笑一笑，用右手食指摸一摸我的嘴巴，然後深深地吻了我。那一吻眞的很久，她的口水像是有酒精含量，我有一種快醉了的感覺。

然後她說，未來的事誰也說不準，說不定，我們明天就分手了，對吧？

說完，她摸摸我的頭，像是在跟一個孩子說晚安，然後笑了一笑，就轉身走進宿舍裡。

我終於知道，我就是她的下一個前男友。

如果我不在乎心裡那種不安全感，不自禁地喜歡上她，那麼，下一個在學校門口哭泣的人，就會是我。

我是不是該慶幸，在我根本還一陣懵懂的階段，對我跟她之間的事還沒有一個頭緒，或是根本搞不清楚狀況之前，就已經結束這段曖昧了呢？

伯安說這個女生大概是被欺騙過感情，一次就累了，與其再去認眞地愛一個人，不如輕輕鬆鬆地來來去去，只要不確定彼此的關係，只要不給任何承諾，她永遠都是自由的。

如果伯安說的是正確的，那麼，我大概可以了解這樣的心態。

而且，我也眞的該慶幸吧。

至少她給了我一些「訓練」，讓我在遇到許媛秀的時候，不至於太遜。

受傷過的感情，一次就累了。

# 19

「幹！你們知道驚爲天人怎麼寫嗎？」

終於，輪到我對他們兩個畜牲說這句話了。

大四即將畢業之前，我在亮仔的生日慶祝會上，遇見了許媛秀。

你們還記得亮仔嗎？我的室友，那個很愛開玩笑、活在自己世界裡的人。

生日會嘛，差不多都是那樣，好多人擠在錢櫃的大包廂裡面，剛打過蛋糕大戰的現場才清理完畢，跟服務生要來擦臉跟衣服上的奶油的衛生紙塞滿了兩個垃圾桶，狂歡之後，現場顯得有些空虛，人開始一群一群地分散。這一群人在抽菸，那一群人在拚酒，比較厲害的就一邊抽菸一邊拚酒，另一群人就一直霸著麥克風不放，然後就會有幾個比較安靜的，坐在原地，看著別人玩，而他只是面帶微笑。

許媛秀就是那個安安靜靜、坐在一旁微笑的人。

而我呢？我混在抽著菸的人群裡，那年，我剛學會抽菸。

這樣的Party，通常會有一半的人是你不認識的，因爲那是別人帶來的朋友，「別人」你都不認識了，更何況是別人的朋友。

當我第一眼看見許媛秀的時候，我就拉著亮仔不停追問：「那個看起來超有氣質的女生是誰？」

亮仔往我指著的方向看去，然後看了看我，說他不認識。

我說不管，你給我想辦法。接著亮仔頓了一下，像是在思考什麼，當我隱隱覺得不妙的時候，他已經走到許媛秀旁邊，指著她大喊：「喂！這是誰的朋友！我室友想認識她！」

許媛秀臉紅了，我轉頭把自己貼在牆壁上，一整個想撞牆自殺。

一個女生舉手了，她用跟亮仔差不多的音量大聲說：「那是我的好姊妹。是誰要認識我姊妹？」

亮仔指著我，完全沒有放低音量：「就是那個黏在牆壁上的，他是我的好室友，想認識妳的好姊妹！」

該死！包廂裡至少有二十個人，每個人都看著我跟她，然後，開始有人鼓掌起鬨，有人拿酒杯給我，有人拿酒杯給她，「快去敬她啊！」我被亮仔一把推了出去。

就這樣，我們被拉在一起了。

經過短暫的聊天跟自我介紹之後，我們很快就陷入找不到話題的窘境。我是個沒什麼跟女孩子聊天經驗的男生，她是個安靜內向型的女生，只要我沒說話，她就會恢復一種靜止的狀態，看起來像是等待開花的百合。

那天晚上，我們從九點進到錢櫃開始，一直唱到將近凌晨三點。亮仔故意拿走我的摩托車鑰匙，她的朋友也故意說要快點回家，所有人起鬨說要我陪她散步，不要太早回家。

雖然我非常緊張，但心裡其實是開心的。

我轉頭問她，妳家住哪裡？她說，在公館附近。

「可是我的摩托車鑰匙被拿走了，沒辦法載妳，我們坐計程車？」我說。

「如果你不介意的話，走回去也可以。」她說。

「走回去？很遠吧？」

「我很喜歡走路啊。」她說。

「那我陪妳走回去。」

「你喜歡走路嗎？」

「沒喜歡過，不過或許可以從現在開始培養走路的興趣。」我說。

我們從松江路的錢櫃，走到台大旁邊的公館。從凌晨三點開始，走到六點，天已經亮了。這一路，我們從平均一分鐘五句話，到十秒鐘五句話，接近三個小時的路程裡，我們快速地累積著對彼此的熟悉。

快到她家的時候，她問了我一個問題，「第一次就讓你走這麼遠，你會不會開始害怕走路呢？」

「不會啊！會不會從此害怕，或討厭走路，得看是跟誰一起走。」

「如果是跟你室友呢？」

「妳說亮仔啊？我根本不可能會跟他一起走這麼遠的路，我會騎著摩托車把他輾過去。」

「那你爲什麼不想騎摩托車把我碾過去？」

「因爲我還想再跟妳走下一次啊。」我說。

我夠誠實了吧。

「那下次，我們要走哪一條路？」她問。

我想了一下，突然天外飛來一筆，「下次從台北車站走到市政府好了。」

「爲什麼選這條？」

「走完那條路線，再配合我們今天走的這條路，就能在台北畫一個叉叉了。」

「在台北畫一個叉叉？」她聽完，搗著嘴巴笑了起來，「好有趣的說法。」

在一片淺橙偏白的天初亮之際，她的笑容配上剛露臉的微微日光，那眞是一幅完美的畫面。

「如果妳不介意的話，改天我們再去高雄畫一個叉叉。」
「為什麼還要在高雄畫一個叉叉？」
「因為妳是台北人，我是高雄人，一人一個叉叉，比較公平。」
聽完，她又笑了，「好，我會陪你去高雄畫叉叉。」
在她家樓下，我們用小指頭打了勾勾。
小時候，我們都在心底深處答應過自己，跟別人打了勾勾的約定，就一定要實現。
但是，長大後的勾勾呢？
就，不一定了……
對吧？

你跟別人打過的勾勾，實現了幾項？

## 20

我跟許媛秀，其實應該算是單戀。

雖然，我們在一起的第一個星期就上了一壘，第二個星期上了二壘，第三個星期上了三壘，一個月後就回到本壘得分了。

但，當戀情一結束，我回顧跟她的過往時，我眞的覺得，我們是單戀。

我，單戀，她。

爲了累積初戀故事的厚度，我幾乎每一件事都找她一起做，有意義的如到國家戲劇院去聽歌劇，或是到國家音樂廳去聽交響樂團的表演；沒意義的像是坐在西門町的路邊數計程車的數量，或是買一份加了很多大蒜的大腸包小腸，吃完之後比誰的嘴巴比較臭。

走完松江路到公館這條線之後一個星期，我們又完成了台北車站到市政府的步行之旅。台北的叉叉畫完了，我開始計畫高雄的叉叉路線。

「就從中正技擊館走到愛河吧，然後再從火車站走到勞工公園。」我指著網路上的地圖，一股勁兒地對她解釋路線。

「高雄的叉叉畫完之後呢？」

「那我們就到台中去畫叉叉，再到花蓮去畫叉叉。」

「爲什麼？」

「叉叉表示兩條線相交於一點，我們在台北、高雄、台中、花蓮四個地方畫了四個叉叉，就有四個點，四個點連起來，就是在台灣畫了一個大叉叉了。」

「那然後呢？」

「畫完台灣的大叉叉，我們就結婚吧。」我說。

天知道我是哪來的勇氣，又是在發什麼神經，說完之後，我自己吐吐舌頭，說我是開玩笑的。只見她有些驚訝，表情卻還是笑笑的。

「你別發神經了。」她說。

「妳不覺得這樣很酷嗎？」

「我們已經不是孩子了，結婚這種事不能這麼隨便的。」

噢！買尬！

這是我第三次聽到這句話了。只是這一次聽完的感覺，竟然是難過的。

因爲我在她的眼神裡，看見了一種疏離。

很快地，我們就畢業了，身爲一個男人，畢業後馬上就得面臨當兵的悲哀，這對一段剛開始的感情來說是一種威脅，尤其我又是這麼地喜歡許媛秀。

伯安說當兵就當兵，是在怕什麼。一邊說還一邊拍著胸脯，拍完之後咳了兩聲。育佐則是一點感覺都沒有地說無所謂，反正當兵對他來說就像是被強姦，既然無法反抗，就躺下來好好地享受吧。

我沒辦法把當兵這件事當作享受，所以我沒辦法跟他們兩個一樣豁達，對於必須服兵役這件事，我整個人呈現一種極度悲觀與厭惡的態度，我甚至有一種可能會死在部隊裡面的錯覺。我跟許媛秀討論過，如果我當兵的時候，她遇到了想兵變的對象，會不會第一時間跟我說？

「我會，而且我會很直接地開口。」這是她的回答。

聽完的那瞬間，我心裡有一種矛盾的感覺，好像我很高興她不會騙我，又很不高興她竟然無法給我絕不兵變的承諾。

但其實承諾這玩意兒有幾兩重呢？而愛情又有幾兩重？如果有了承諾的愛情就可以天長地久，那爲什麼分手的人何其多？感情重要的絕對不會是那些能被保證的事，或是說一些聽起來像是保證的話。

當年我的心智尙未成熟到可以想得清這些道理，只是一心地認爲，她應該告訴我「親愛的，我絕不會離開你」，因爲我也是這麼想的。

但是，當你認為自己不會離開對方，這並不表示對方就該同樣地對待你。

聽來很不公平，對吧？但其實產生不公平感受的是你的心態。

為什麼？

因為「愛是自由的」。

你很愛他，你自認不會離開他。但他哪天遇上了別人而想離開你，你是沒有權利要求他留下的。因為當初你遇上他時，並沒有任何人能阻止你去愛他，相對的，也沒有人能阻止他來愛你，這就是愛的自由，每個人都理當擁有的自由。

所以，許媛秀對於兵變與否的答案，其實才是對的。

因為我沒有權利阻止她兵變，那是愛的自由。

伯安說，許媛秀的腦袋比我清楚多了，因為男生當兵，一當就是兩年，我們父執輩那一代，還得為國家奉獻更多青春，有當兵得當三年的，在這動輒以年為計算單位的歲月裡，並沒有任何一個人有義務去等待另一個人。

伯安說完，就看育佐一副想表達意見的樣子，我立刻就叫他閉嘴了。

到區公所兵役課交出畢業證書之前，我跟伯安、育佐約在金好吃豆花店碰面，打算吃過一碗豆花之後再去交畢業證書。

那像是離別的豆花，吃得我是難過得要死。

伯安跟育佐知道我皮夾裡有許媛秀的照片，兩個畜牲拿著照片，一副評鑑專家的模樣，品頭論足地討論起來。

「嗯，眼睛很有靈氣。」育佐說。

「那對眉毛非常秀氣。」伯安說。

「穿著很大方不會小家子氣。」育佐又說。

「你們再講下去我就要生氣。」換我說。

交了畢業證書之後，我們詢問兵役課的人，什麼時候會把我們調進去？他彷彿被問了幾百萬次同樣的問題一樣，非常不耐煩地說：「下個星期就有一梯次，我可以立刻讓你們入伍！」

通常碰上這種情況，伯安會第一個發火，你也知道，他脾氣不好。

但是那天他不但沒有發火，反而還心平氣和地說：「請別生氣，我們可以了解你為什麼這麼不耐煩，但我們有詢問的權利，這是你的工作。」

我跟育佐都嚇了一跳，他的改變著實讓我們大吃一驚。

離開兵役課之後，我們立刻問他，為什麼剛剛不發飆？他說，曉慧說他是白癡。

「曉慧說，一件事情，不管是大事小事，發火也是處理掉，不發火也是處理掉，那為什麼要發火？」伯安笑著說。

跟曉慧在一起之後，伯安的人生開始轉變了。一開始我還會聽到他對曉慧的抱怨，說她很囉嗦，又很愛管東管西。不過好像日子久了，對彼此產生了生活上的依賴，不知不覺地改變了自己。

就拿罵髒話這件事來說吧，曉慧一直很不喜歡伯安一生氣就猛飆髒話的習慣，常常耐著性子糾正他，我記得有一次我們一起吃飯，伯安說起他自己的改變，以前他罵髒話，會把人家的爸爸媽媽哥哥姊姊祖父祖母都扯進來，但現在他已經被糾正到只罵一個字了。我跟育佐還聽不明白，曉慧卻放下了筷子，擦擦嘴巴，拍拍伯安的肩膀，說：

「這也是一種進步啊。」

於是，我在想，如果愛情會讓一個人有所轉變，那許媛秀會對我帶來什麼轉變呢？又或者，我會帶給她什麼轉變？

畫完台灣的大叉叉，我們就結婚吧。

# 21

育佐是我們當中第一個拿到兵單的，再來是伯安，最後才是我。

我拿到兵單的時候，育佐已經當了半年兵，伯安也已經入伍四個月了，他們兩個都在台中的成功嶺當教育班長，我寫信給他們時，他們還回信叫我去當他們的學弟。

就在我心裡急著想快點進去當完快點出來的時候，台灣發生了九二一大地震。南投很慘，台中也很慘，就連台北也倒了幾棟房子。育佐跟伯安的部隊被派到災區救災，回憶起當時的情況，他們說，那像是被上帝懲罰一樣。

那時我人在高雄，雖然是有感地震，但感覺搖晃並不算大。在睡夢中被地震搖醒之後，我摸摸頭，又繼續倒頭大睡。一直到早上，我才接到許媛秀的電話。

「你還在睡！你知道有地震嗎？」

「嗯……」我還有點恍惚，「我知道啊……」

「你知道台中的災情很嚴重嗎？」

聽到「台中」兩個字，我立刻驚醒了過來，想到兩個畜牲還在台中，心裡非常著急。我撥了他們的手機，都打不通，打了他們部隊的電話，全部佔線。一直到幾天之後，他們打電話給我報平安，我才鬆了一口氣。

能在這樣嚴重的天災當中活下來，是不幸中的大幸，育佐說他從來不曾感受過那種搖晃，伯安說那感覺像是有很多人不停地甩動你的床，一定要把你從床上甩下來那樣。

是的，他用的是「甩」這個字。

我記得一九九九到二〇〇〇年的那個跨年夜，全台灣都還籠罩在悲傷的氣氛下，因爲九二一地震的關係，那個晚上，台灣有兩千三百二十一個家庭瞬間破碎，因爲他們都失去了親人。

跨年時，我跟許媛秀在高雄的某一間複合美式餐廳裡，主持人說，在我們都還能活著跨入二十一世紀的此時，應該要替那些在地震中死去的人祈福，並且許願未來能更好。

倒數十秒，很多人都低下頭祈禱著，許媛秀也是。

我是個沒有信仰的人，但看她這麼認眞許願，也就配合她，在倒數三秒的時候，我抱著她，並且吻了一下她的額頭。

在一陣歡樂聲中，一九九九年走了，二〇〇〇年到了。主持人大喊著「新年快樂，台灣平安」，店裡滿座的人都在歡呼。

「剛剛妳好認眞在許願喔！」我看著懷裡的她。

「我不只在許願，我還在祈禱呢。」

「那妳許了什麼願？祈禱了什麼？」

「我不能講，講了就不準了。」

「是這樣嗎？」

「是的。那你呢？你剛剛有許願嗎？」

「當然有。」

「那你許了什麼願？」

「妳不是說講了就不準了？」

「有嗎？」她故意裝傻，「我剛剛有這樣說嗎？」

那晚，我們在一陣歌舞聲中，抱著對方喝啤酒，享受著熱鬧環境中的兩人世界，當時，我有一種我們會一直這樣幸福下去的錯覺。

隔天，送她去坐車回台北時，我在車站告訴她，我昨天許了個「我會一直很愛她，而她也一樣」的願望。

事後回頭想想，我不得不承認她說的對，願望說出來就不準了。

二〇〇〇年一月初，我收到兵單，要我在二月中到成功嶺報到。新兵訓練一個月後，我被分發到高雄仁美的砲兵指揮部，開始過著每兩個星期跟許媛秀見一次面的生活。

當兵的日子，坦白說，厭惡歸厭惡，但習慣了之後，會發現日子其實過得滿快的。不知不覺，育佐已經退伍了，伯安也已經是連隊裡的老兵，老到連動都不會動了。

大概在離我退伍只剩兩個月不到時，許媛秀到高雄來找我，「我們來完成高雄的叉叉吧！」她這麼說。

她在高雄待了兩天一夜，那晚住在我家。我爸媽表現出超級熱烈的歡迎，從她進我家門開始，就不停地跟她說話。

「我家子謙沒欺負妳吧？」我爸問。

「沒有。」她笑笑地回答。

「哎呀！我家子謙從來沒交過女朋友，更不用說帶女朋友回家了，眞是歡迎妳！」我媽說。

「謝謝。」她笑笑地回答。

「我家子謙眞的沒欺負妳吧？」我爸說。

「嗯，沒有。」她點點頭，笑著回答。

「肚子會餓嗎？我去拿點東西給妳吃。」我媽說。

「陸媽媽，不用了，我吃飽了才來的，謝謝。」她說。

「我家子謙眞的沒欺負妳喔？」我爸說。

「嗯，陸伯伯，眞的沒有。」她又笑笑地回答。

「那我去切水果給妳吃。」我媽說。

「謝謝陸媽媽，但眞的不用麻煩啦。」她說。

「我家子謙……」

然後我爸就被我媽打了。我則是一臉很綠地在旁邊說不出話來。

那天晚上，我還在煩惱她應該要睡在我房間還是客房，我爸爸趁她洗澡時走進房間，對我說：「我剛剛故意把客房弄得很亂，我想她應該不會想去睡那裡。」

面對我爸的行爲跟他說的話，我有點不知道該怎麼反應。即使我很想豎起大拇指說「幹得好」，但我實在沒辦法把眼前的爸爸跟以前那個嚴肅的爸爸連在一起。

「或許他是想快點抱孫子吧！」我也只能這麼想。

儘管我爸幫了我一個大忙，但她當晚還是睡在客房，因爲我媽用很快的速度把客房恢復原狀，一邊整理還一邊喃喃自語著：「奇怪，本來很乾淨很整齊的啊，怎麼會變這樣？」

我爸聽見後故作鎭定，拿起報紙裝死，沒多久又被打了。

我家的陽台跟客房是相連的，那天晚上，我溜到陽台去敲客房的窗戶，她還沒睡，打開窗戶趴在窗沿上，就這樣跟我聊天，一直到天快亮了，我才回到房間睡覺。

我承認，我超想衝進去客房陪她的，但是我媽千交代萬交代，告誡我絕對不准逾矩，她說女孩子肯來我們家，就算不是認定，也是一種肯定，絕對不能亂來。

當下我相信我媽所說的肯定，真的。

只是，只有肯定的感情好像是不夠的。

如果，她還喜歡著別人的話。

是的，她忘不掉她的前男友。

即使我跟她「在一起」了兩年。

我們「在一起」的時候，不在一起。

## 22

她在離開我家時，偷偷地在我的枕頭下放了一封信。

高雄的叉叉，我們只完成了從中正技擊館走到愛河那一段。

她回到台北之後，我就很少接到她的電話，她也很少接我的電話。時常是我打去，響了十二聲，然後轉進語音信箱，我對著語音信箱說「我很想念妳」，感覺像是個白癡。

育佐退伍後回家繼承家業。汪爸爸年輕時過度操勞，把身體都操壞了，某一次突然昏倒送醫急救，醫生說他肝指數過高，超過三百六（正常是四十），是肝功能危險群的患者，不能晚睡，不能抽菸喝酒兼熬夜，不能煩惱太多。汪媽媽說還好育佐及時退伍回家撐起工廠，不然汪爸爸大概會……嗯……點點點。

伯安退伍後，到升高中的補習班教書，專門輔導國中生，聽他說，上班的第一個星期，他就抓到學生在上課時偷翻色情漫畫，而且那名學生的褲子拉鍊沒拉。

「你在幹嘛？」伯安拍了一下那個學生的肩膀。

伯安才問了這麼一個問題而已，就把那個學生嚇到大哭，補習班的班主任立刻打電話請學生家長來，要他們了解一下學生在補習班的行爲。

伯安說，他一度懷疑那個學生在上課的時候一邊看色情漫畫一邊自慰，不過打聽之後才知道，那個學生上完廁所後時常會忘記拉拉鏈，所以應該沒有什麼嚴重的行爲偏差。

於是他跟家長說，學生在青春期會偷看色情漫畫是很正常的，不需要大驚小怪。

然後他就被班主任叫去大罵一頓。

「當老師之後才知道當年我們老師的辛苦，國中生眞的很白爛。」伯安說。

「你還敢講，當年就是你最白爛。」育佐應了一句。

「很敢說喔你！當年是誰先開始玩打小弟弟遊戲的？就是你！汪育佐！」

「誰叫你看宮澤理惠寫眞集看到流口水？打你小弟弟是提醒你不要太變態。」

兩個快二十五歲的大男人出現這種對話，我在旁邊聽到笑翻。

然後我就被打了。

育佐帶著學姊到我家樓下找我那天，是我的退伍日。

學姊才從美國回來不久，身上還有一種剛從國外回來的奔放感。我說的是穿著，不是說她很放蕩，不要誤會。

育佐打了電話給伯安，說要慶祝我退伍，大家一起聚聚吃個飯，於是才剛從補習班下課，伯安就馬上趕過來，手上還有沒洗乾淨的粉筆灰。

「這位就是鼎鼎大名的學姊嗎？久仰大名。」才剛坐下來，伯安對學姊作了個揖。

「別再叫我學姊了，請叫我彩娟，我姓葉，葉彩娟。」學姊介紹著自己。

「好的，學姊。」伯安說。

「沒問題，學姊。」我說。

「請不要再叫我學姊了，不可以叫我學姊。」她作勢生氣地說。

「爲什麼不可以？」

「因爲你們跟我不同校，不可以叫我學姊。」

「可是育佐是我們的同學。」我說。

「我們同學的學姊，就是我們的學姊。」伯安說。

「是喔？那育佐的爸爸是不是你們的爸爸？」

「不是。」我跟伯安同聲說。

「那我就不是你們的學姊。」

「是的，妳是我們的學姊。」

「我不管我不管！不要再叫我學姊了，請叫我彩娟！」

「好的，學姊。」伯安說。

「沒問題，學姊。」我說。

然後她呈現半崩潰狀態，哼的一聲，雙手交叉在胸前，一副要爆發的樣子。她先看了看我們，然後看了看育佐，育佐故意裝出一副與他無關的表情，立刻被扭了耳朵。

「你就這樣眼睜睜看著我被虧啊？」學姊說。

被扭著耳朵的育佐表情痛苦地說：「好啦好啦，這兩個王八蛋交給我來處理。」等學姊一放手，他摸了摸自己的耳朵，然後很嚴肅地看著我們，「兩位親愛的同學、朋友、兄弟，請你們不要再叫她學姊了，對一個已經二十六歲的女人來說，這是一件非常不禮貌的事，並沒有任何一個女人能接受她的年紀被攤在陽光下審視，更何況是一個已經二十六歲的女人呢？」

很好，他還是一樣廢話很多，旁邊的學姊已經快要變身超級賽亞人了。

「所以，請你們叫她汪太太，不要叫學姊。叫汪太太比較親切，叫學姊是我的專利。」他說。

這時我跟伯安互看了一眼，他又接著開口。

「來，跟我念一遍，汪──太──太。」他一邊念一邊指著嘴巴，還刻意強調嘴型。

接下來育佐的慘狀，請容我不再詳述了。

不過，我必須說明一點，那天育佐不停地用汪太太稱呼學……嗯，我是說彩娟，而彩娟完全沒有否認，甚至回稱他汪先生，這甜蜜的樣子，簡直快把我跟伯安的眼睛給閃瞎了。

爲了不讓育佐專美於前，伯安立刻宣佈了一個消息：朱曉慧已經決定離開台中，打算搬到高雄跟伯安同住，交往五年多之後，他們將正式進入試婚階段。

「爲什麼還要試婚？人家跟了你五年多了，還要試什麼？」育佐問。

「當然要試啊，我想試試看她到底能替我從地上撿幾次臭襪子，跟丟在床上的汗臭內衣。」伯安說。

「所以要撿幾次你才要娶人家？」我問。

「依我嚴苛的魏氏標準，大概四百次吧。」

「那我覺得依她更嚴苛的朱氏標準，大概會叫你直接去吃屎吧。」育佐說。

然後我們立刻現場連線給曉慧，把剛剛伯安說的話轉述給她聽。

連線結果很快就出爐了，伯安的下場是吃屎四百次，她就答應嫁給他。

就連不在場的曉慧都能透過連線，和伯安甜甜蜜蜜的，再加上育佐那個王八蛋，一整個晚上汪太太來汪太太去的，我眞的覺得我快要失明了。

然後他們問我，「許媛秀呢？你退伍她爲什麼沒來？」

伯安、育佐，我說眞的，我也想知道她爲什麼沒來。

當時，我替她編了一個理由，好像是「跟朋友出去旅行了」之類的吧，我也忘了，因爲當下我的感覺很兩極，我一邊爲自己的兄弟得到幸福而高興，一邊爲自己的愛情感到寂寞。

坦白說，在我退伍前兩個星期，我就已經找不到她了。退伍前一個星期，她連手機都換了，原本我至少還能對著語音信箱說「我很想念妳」的，後來連語音信箱都沒有了。

我想這就是她選擇的方法吧，刻意斷了聯絡，就像把風箏放到遠遠的天上，然後割斷線，風箏就離開你了。

風箏就離開你了，許媛秀就離開我了。

我是在退伍前沒幾天發現藏在枕頭下的那封信的，說得更明白一點，那封信其實是我媽要替我洗枕頭套時發現的。

信不長，但心痛很長。

親愛的，我的，曾經的子謙：

兩年前你出現，我的心動裡，藏著點心痛。

如果不是我朋友硬拉著我去亮仔的生日Party，那晚的我，應該會倒在床上，用力地哭泣。

因爲在那之前的幾天，他離開了我，選擇了另一個人。

到底該不該跟你在一起，在我還愛他的時候？我每天都在問自己這個問題，在跟你在一起後的每一天。

而當我每次都在你的笑容裡忘記他的樣子，我以爲，那就是眞的忘記了。可是沒有，在你去當兵後的幾個月，一個颱風刮過北台灣的夜裡，我在我家樓下，看見全身濕淋淋的他，跟我說抱歉。

我承認我軟弱，我答應讓他回到我身邊，在我身邊還有你的時候。

好多次我都想跟你說，但我總是說不出口。你曾經問過我，如果我要兵變，會不會告訴你？而我記得，我的答案是會。

但是，我眞的做不到，當你身不由己地在部隊裡過著你厭惡的日子，我眞的沒辦法在那時離開你。所以我告訴自己，就陪你到退伍吧。

對不起，眞的對不起。

我眞的喜歡你，但是我愛他。

媛秀

信不長，但心痛很長。

我是說眞的，心痛，眞的很長。

我說過，我這輩子只等過三個女人。

第一個是我媽，第二個是張怡淳，第三個是許媛秀。但其實，在許媛秀離開我之前，我以爲我只等過兩個。

人必須在承認自己是個傻瓜的時候，才會發現，原來自己在愛情裡被徹底地當成傻瓜了。

我以爲我早就跟許媛秀在一起了，但其實沒有。

在我承認自己是傻瓜之後，我終於知道，原來我在那個自以爲是戀愛的單戀裡，等了許媛秀兩年。

然後得到一句：我眞的喜歡你，但是我愛他。

到底是誰發明了「喜歡跟愛是不一樣的」這句話？

幹你媽的到底是誰？

又到底是怎麼樣的神人，能從自己的身體裡面分辨出什麼是喜歡，什麼是愛，然後把他喜歡的人歸類到喜歡，再把他愛的人歸類到愛裡？

爲什麼我沒辦法分辨出喜歡跟愛的差別？又爲什麼有人能分辨？

又爲什麼我總覺得那些把愛跟喜歡分開的人好像比育佐更有廢話超能力？因爲我眞的覺得話都你們在講！都給你們分辨就好了啊！我們都等著被歸類就好了嘛！

我的好兄弟、好朋友們，一個終於跟追求了好多年的女孩子在一起，一個跟在一起好多年的女孩子進入試婚階段，而我，跟在一起兩年的女朋友，在「在一起」的時候「不在一起」，又在「不在一起」的時候「分手」了。

喔耶！我眞的喜歡你，但是我愛他。

愛是自由的！

恭喜我吧，他媽的！

永遠完成不了的，高雄的叉叉。

# 流轉

時間洪流滾滾，
帶著世上的所有往前漂流，
就連地球也一樣，隨著洪流漸漸老去，
更何況是我們。

而在洪流裡生存，
人必須學會，並且習慣轉變，
在人生的每一個階段，
轉變成適合那個階段的樣子，

這是必須、必然的。

## 23

再也不用過著每兩個星期上一次台北去找她的日子了。

再也不用。

一個你眞的很愛的人突然從你生命裡消失，不管是用什麼方式，那種感覺眞是難以形容的痛苦。

育佐說那像是大便在褲子裡面，而且還是軟便。你的表情其實是痛苦的，但當別人問起你怎麼了，你又必須裝作若無其事，因爲你不想讓別人知道你大便在褲子裡。但是，當大便慢慢地從大腿流到小腿，然後滴到地板上，大家就會發現，原來你大便在褲子裡了。

「原來『你大便在褲子裡了』，就表示原來『你是失戀』了。」育佐說。

我說眞的，這種比喻也只有他能想得出來。

隔年夏天，某一個我呈現半失眠狀態的深夜裡，手裡的電視遙控器已經按到不知道還能怎麼按，明明才熄掉不久，卻又點燃一根新的菸，我在想什麼？我也不知道，就只是睡不著。

然後我接到伯安的電話，他很開心地在電話那頭大喊「我要當爸爸了」。

伯安跟曉慧試婚了一年，這一年當中，他們確實吃了不少苦頭，因爲他們發現，要兩個個性迥異、生長環境截然不同的人住在同一個屋簷下，而且還能和平理性兼相愛地相處，眞是一件非常不容易的事。

他們才同居兩個月，就開始爆發大大小小的口角衝突，通常都是因爲生活習慣不同所引起的。例如曉慧時常抱怨伯安的習慣不良，抽菸就算了，菸蒂、菸灰總是亂丟，不管是廚房的流理台或是浴室的洗臉盆，時常都會看到一灘黑黑的菸灰在上面，講了好多次伯安都不聽，罵也罵了，架也吵了，他就是改不了到處彈菸灰的壞習慣，最後曉慧祭出重罰，她不想罵了，也不想吵架了，於是決定，她每看見一次菸灰，伯安就得交出五百元當作旅行基金，而且不得異議。

這一罰下來，效果驚人，不只是金額嚇人，改掉壞習慣的效果更是顯著。

實施後第一個月，伯安一共繳了九千五百元，那是他四分之一的薪水。

第二個月，伯安還是繳了五千塊。

第三個月過了一半，伯安一塊錢也沒繳，他終於學會不再亂彈菸灰。

「那眞是惡夢，我連作夢都會夢見我把菸灰彈在洗手台裡，結果曉慧要跟我離婚。」伯安說。

但是曉慧也不是完全沒有被伯安詬病的地方，伯安就說她經常買一些多餘的東西擺在家裡，如果是不會壞掉的也就算了，但是她時常買一堆有保存期限的食品，像是布丁、吐司、罐頭，或是幾天沒吃就會熟到爛掉的水果，家裡就兩個人，吃也吃不完，每次都要丟掉。

曉慧買東西的習慣其實不算ＯＫ，因為她眞的不太「精準」。

家裡就她跟伯安兩個人，但是她的碗櫥裡有十一副碗筷，如果說他們家經常有訪客也就算了，但是從頭到尾就只有我跟育佐會去他們家吃飯，偶爾出現一兩個她自己的同學、朋友或同事這樣。

「她常說，先買起來放，以備不時之需，但是她的『不時之需』眞的很恐怖，」伯安說：「我家裡的垃圾袋大概可以用到二〇二〇年，我家裡的手電筒有六支，抽取式衛生紙多到我必須把它拿去補習班當禮物送給學生，不然儲藏櫃放不下，丟掉又可惜，更不要說我家的電池了，我的媽呀，整個抽屜滿滿的都是！還好她不是那種會去買名牌精品的女人，不然就算我是王永慶，都可能會破產。」

後來他們的解決方法是，每次去大賣場買東西，錢必須放在伯安身上，曉慧身上一毛錢都不可以有，如果想要買東西，必須經過伯安的同意。

而伯安大喊自己要當爸爸的那天晚上，他跟補習班的其他老師一起去聚餐，回家時看曉慧的表情就覺得怪怪的，以為她在生氣，但是一問之下又沒有。

「結果我在浴室裡面看見七根驗孕棒，整整齊齊地排在那裡，就好像我們當兵的時候在集合一樣。不是兩根三根喔，是七根！七根耶！每一根都是兩條線！」伯安事後告訴我們，聽他的形容，我能想像那到底有多壯觀。

曉慧當時還很溫柔地對伯安說：「對不起，我知道買東西不能過量，但是我真的很怕不準，所以才買了七根。」

曉慧的懷孕，讓伯安的生命立刻成長到另一個階級，他已經不能再是那個吊兒郎當的人了，而是一個必須肩負家庭生存使命的真正的男人。

不過，最讓他感到困擾的，不是讓自己變成一個真正的男人，而是當兩個人的婚姻決定在即，她卻從來沒見過他已經八年不曾聯絡的魏爸爸。

那時，伯安煩惱著該怎麼回去面對爸爸，而我心裡想著的是，八年過去了，好快呀，伯安離家那年，我們才只是高中剛畢業的十八歲小夥子，但突然間，大學也念完了，兵也當完了，算一算年歲，怎麼我們已經二十六了呢？

「閃避了八年，該面對的還是要面對。」我說。

「魏伯伯應該會很想看見曉慧肚子裡的小伯安。」育佐說。

我們本來想陪他一起回去的，但是他想了一夜之後，決定自己帶著曉慧回家。我跟育佐都很清楚他在想什麼，他心裡一定認為，他自己離家的裂痕，必須由自己去彌補，不管有多少朋友兄弟陪著去，那道裂痕，終究只有他一個人能夠修復。

這些年來，不管曉慧在他身上造成了多少變化，我們都知道，在他的靈魂深處，還是存在著那一個理直氣壯、脾氣死硬的魏伯安，我們彷彿還能看見那個當年在撞球間裡，直接跟流氓對嗆的小男生。

只是他已經長大了。

過了一陣子，伯安約我跟育佐到他家吃飯，他還特別叮囑我們，千萬不要跑錯地方。我們還沒反應過來，他隨即說了一個地址，我跟育佐聽了都大吃一驚，因為那是他「本來」的家。

多年不見的魏伯伯，臉上皺紋變多了。

我們十五歲那年在醫院裡看見的他生氣的樣子，如今在他臉上找不到任何痕跡。

如果你今天才認識他，而我們告訴你他當年有多凶悍，勢力強到可以叫流氓到我們家裡道歉送錢兼送禮和解，你一定不會相信，因為眼前這個不時掛著笑容、鬢髮半白的伯伯，跟「凶悍」兩個字根本沾不上邊。

伯安的弟弟妹妹，也就是他小媽生的兩個孩子，一個念高一，一個念高三，他們很多年沒看見這個「哥哥」，態度顯得很陌生，卻也很有禮貌。

而他跟小媽之間的關係，表面上，我看不出有什麼變化。只是那天吃飯時，他替小媽舀了一碗湯，而小媽點頭微笑表示感謝。看見這一幕，我想，那就是完美的第一步了。

快要當爺爺的魏伯伯應該很欣慰吧？大兒子回家了，馬上又要有孫子可以抱，我想那天他一定是全天下最開心的人。他拿出一瓶二十五年的約翰走路，對著我們說：「我是開酒店的，什麼沒有，酒最多，今天我們一人一瓶，喝完才能走。」

我們三個總共喝了一瓶，喝到都有點暈頭轉向了，但反觀魏伯伯，他自己喝掉一瓶酒，卻一點事都沒有。只能說平時有喝有差，而跟開酒店的老闆喝酒眞是一個找死的行爲。

後來我們問伯安，他回家那天，魏伯伯說了什麼？

他只是笑一笑，眼眶泛淚，「他笑著跟我說，『大概是我長得太醜，脾氣又太凶了，你跟你媽媽才會搶著離開我。』」

人都會長大的，差別只在長得快跟慢而已。

# 24

育佐跟學姊的感情穩定發展，金牛座的學姊讓汪媽媽甚是喜愛，後來我才知道，原來汪媽媽也是金牛座，印象中，星座書裡寫金牛座顧家又節儉，在支出任何開銷之前，都會有所計畫，是天生的理財專家。

「理財個屁！根本就是摳門專家！小氣到讓人想哭！」育佐一臉非常受不了的表情，嘴裡不停抱怨著，「媽的，我在市場看見蔥油餅，想買兩個來吃，她竟然說再一個小時就要吃晚飯了，兩個蔥油餅的錢可以省下來，哇咧靠北邊！兩個才三十塊！是要省怎樣啦？那我不吃兩個，只吃一個才十五塊可以了吧？十五塊也不讓我吃是怎樣？我對她是有那麼壞嗎？她說想吃鐵板燒，我馬上就帶她去，想吃日本料理，我也沒多廢話，結果我不過想吃個十五塊的蔥油餅，她竟然都可以摳門我，到底是在摳怎樣的？這時候我就眞的很懷疑，爲什麼我爸能跟金牛座的相處那麼久？這麼摳門……」

對不起，請原諒我中斷這場轉播，因爲我實在沒辦法記得他到底說了哪些話，他連抱怨都非常囉嗦，廢話很多。

這時候汪伯伯已經完全退休了，育佐接下他的工作，成爲新的老闆。不過那些跟了汪伯伯二十多年的老師傅個個經驗老道，所以雖然育佐表面上是老闆，但其實他是工廠裡最菜的人。

就算從小看著汪伯伯做事，育佐還是得一切從頭學起，他必須學會該怎麼跟原料商進貨，並且注意國際金屬價格的波動。汪伯伯把所有的絕招都教給他，只希望他能撐起這間鐵工廠的生計。

有一天，我跟伯安到育佐家找他，想兄弟三人一起去海產攤喝點小酒、Man's Talk一下。到了育佐家門口，卻看見多年不見的汪妹妹抱著一隻瑪爾濟斯在門口閒晃。

「咦？兩位，好久不見。」看見我們之後，她率先跟我們打招呼。

「是啊是啊，小妹妹都長大了。」伯安說。

「我才比你們小兩歲，哪是小妹妹？」

「我們的意思是說妳很年輕啦。」我說。

「妳在外面幹嘛？」

「要帶我的狗去看醫生，牠好像有點感冒。」她說。

「所以妳在等計程車？」

「我在等我男朋友。」

話才剛說完，那隻狗就伸頭往她的乳溝裡鑽，「好啦好啦，你也是男朋友啦，高興了沒？還吃醋呢。」她對著那隻狗說。

各位應該都還記得，她以前就是個發育良好的小妹妹，所以當我們二十六歲時，她是個二十四歲的大美女，身材依舊火辣。

不過育佐還是說他妹妹脾氣很差，大小姐一個。

縱使如此，有好身材的女生還是會吸引男人的目光。

「幹……」伯安突然用氣音罵了一句。

「你幹嘛？」

「我好羨慕那隻狗。」他說。

好啦，我承認，我也很羨慕那隻狗。

過了一下子，一輛BMW雙門跑車停在我們身後，她跟我們揮揮手說拜拜，就上了跑車，一陣引擎聲浪洶湧過後，跑車就消失在路口了，這時育佐也正好走出他家門口。

「那個男的是一個議員的兒子。」育佐說。

「你是說你妹的男朋友？」

「對，他爸爸是現在的議員，上一屆的副議長，家裡有錢得很。」

「然後呢？有什麼八卦？」

「記得我們國三時在撞球間的那場架嗎？」

「不會吧……」

「對，他是那群混混裡的其中一個。」

聽到這句話，我跟伯安都很訝異。

「眞的假的？」

「你怎麼確定？」

「我怎麼可能會忘記，」他指著自己右手上的那條刀疤，「這條跟我背上那條，都是他劃的。」

「媽的，這還不動他？」多年沒生氣的伯安突然火了。

這時育佐拍了一拍他的肩膀，「先別火先別火，人家現在是美國休士頓大學的研究生，爲人彬彬有禮到不行。」

聽到這裡，我跟伯安的下巴都快掉了。

「接好你們的下巴，我當時聽見也嚇了一跳，下巴掉得比你們還厲害。」

「怎麼差那麼多？」伯安說。

「對啊，怎麼從小流氓變休士頓研究生？」我也充滿了好奇。

育佐站到我們中間，伸出雙手，搭在我跟伯安的肩膀上，笑著問：「當年，我們比他好到哪裡去？」

「幹！」伯安第一個抗議，「這你就說錯了，我們當年可不是流氓。」

「嗯，我贊成伯安的話。」我說。

「我當然知道我們不是流氓，因爲我們一直都是好人，對吧？」育佐說。

「對。」

「所以從好人變成好人，中間完全沒有距離，這有什麼難的？」

「嗯？」我跟伯安還在消化他說的話時，育佐又繼續說了。

「而他呢？他從流氓變成好人，中間有很長的一段距離，這改變夠困難了吧？」

說到這裡，我們終於懂了他的意思。

「所以，我覺得他比我們厲害。」育佐說。

「可是他劃了你兩刀耶，沒關係嗎？」伯安問。

「他曾經到我房間裡跟我下跪道歉。」

「所以你妹妹被一個曾經是小流氓的人追走，沒關係？」我問。

「有什麼關係？她自己喜歡就好囉。而且我覺得他應該比較慘，因爲我妹不好對付。」

「所以你眞的沒關係？」

「沒關係啦，都過去了。」

「完全沒關係？」

「對啦，沒關係啦！」

「那我問你最後一個問題。」

「啥？」

「你妹的胸圍到底是多少？」

然後，長長的巷子裡，迴盪著育佐大罵髒話的聲音。

說了這麼多，好像都沒有說到我自己。

其實我們三個人的人生一直都黏在一起，在我的生命中，他們佔據了好大一部分。但黏在一起不代表一樣，因爲每個人經歷的都不相同，而且重點是，沒有人可以跟另一個人交換人生。

我退伍之後失業了半年多，因爲工作不太好找，所以待在家裡，讓我爸養了半年。過了半年的米蟲生涯之後，我爸看我這樣下去不是辦法，就把我拉到他同學的公司，說是有缺人，去幫忙幾個月就好，但是我一待就是一年多，待到連伯安的兒子都出生了才離開。

那是一家中油的外包廠商，負責中油某些機具的維修保養工作，時常爬上爬下扛東扛西的，我的身材不壯，扛重物的時候常常感到非常吃力，但即便如此，我卻做得還算習慣，雖然我並不適合那個工作。

我是數學系的，我的專長就是數學，但我卻跑去做工。而我的同事們都只有國、高中畢業，他們不太能理解，爲什麼一個大學畢業生會到那裡工作。他們個個身材壯碩，連伯安站到他們旁邊，都不見得有他們強壯。

有一天，我忙著把貨車上的材料跟工具卸下車時，一根原本躺在車上的大鐵條突然掉下來，砸中我的左肩膀，我聽到肩骨發出「喀」的一聲。

一聲慘叫，一陣暈眩，幾個同事嚇了一跳，趕忙把已經躺在地上的我七手八腳地抬上老闆的車，他們你一言我一語的，爭論著要把我送到醫院還是送去接骨推拿師那邊。

那時我心裡想著：「拜託！當然是送醫院啊，怎麼會是去找接骨推拿師？」

後來他們投票決定，先把我送到接骨推拿師那邊接骨再說。

伯安說的，眞的沒錯。

一切都是註定的。

因爲我在接骨師的診所裡，遇見了張怡淳。

所以育佐他妹的胸圍到底是多少？

## 25

伯安的兒子出生之後將近半年，他才跟曉慧請喜酒宴客。

那天來了很多許多年不見的老同學，包括國中時很討厭我們的那些女生，跟高中時同校的一些學長姊、同學、學弟妹。

他是我們當中最先結婚的人，小伯安出生時，我們已經二十七歲了，他跟曉慧在她懷孕時就已經辦理公證結婚，那結婚證書上的兩個證人簽名處寫著我跟育佐的名字，當我在他身分證上看見配偶欄裡印著「朱曉慧」三個字時，突然感到一陣落寞。

這落寞跟搞斷背山沒關係，拜託不要想到那裡去。

「誰的名字會印在我的身分證上呢？」我心裡這麼問著。

是問天？問神？還是問自己呢？

伯安跟曉慧選在高雄的漢來飯店舉辦婚禮，我跟育佐理所當然就是伴郎。至於爲什麼會在漢來，那是魏伯伯的決定。

我們知道他的勢力龐大，所以那天本來「只開一百桌」，後來加到一百二十桌，我們一點都不意外。

「我也不知道多出來的兩百多個人是哪來的。」伯安說。

我說眞的，以他的身材，穿新郎裝眞的很帥。

那天魏伯伯超級開心，抱著小伯安到處敬酒。小伯安才六個月大，卻好像已經學會爺爺的應酬功力一樣，見了人就笑，爺爺喝酒他也笑，後來魏伯伯好像有點不勝酒力了，抓著我跟育佐兩個伴郎不停地擋酒，我跟育佐喝到最後也有點受不了，魏伯伯便在我們的威士忌裡加了烏龍茶，「這樣可以多敬三十桌。」他說。

我抓了個空檔跟魏伯伯說謝謝，他問我爲什麼要道謝。

我說十五歲那年打了一場架，如果不是他去處理，我們可能被打了還要跟對方打官司。

「那事不用謝，我的兒子被打，我當然要處理，而你們喔，年紀小不懂事，衝動起來打架是很正常，不過現在別再這樣了，都長大了，要多想一點。但是啊……當年啊，你們算是幸運的了。」他一邊說，一邊把站在旁邊的我跟育佐拉近，靠在他的身體上，「你們當年沒遇到眞的狠的，如果你們遇到那些砍人不眨眼的，伯安早就沒了，你們也早就沒了。」

他在說這些話的時候，態度是心平氣和的，彷彿人生的風雨於他已然像是船過水無痕，沒有什麼好臭屁，也沒有什麼好驕傲的。

我不禁感到佩服，並且心想，從他身上，我應該可以聽到很多故事吧。

那天被我跟育佐笑得最慘的，是喜宴廳外擺設的那個告示牌，上面寫著「魏朱府喜事」。

我跟育佐說：「你看，餵豬耶。」

育佐說：「沒錯啊，曉慧是在餵豬啊，伯安是畜牲耶，她當然在餵豬。」

然後我們笑彎了腰。

儘管如此，伯安牽著曉慧進場時，我還是紅了眼眶，眼淚差點沒掉下來。

育佐說我很娘娘腔，這種場合只有女孩子會哭，男孩子是在流什麼眼淚？然後過了五秒，他就把我手上的面紙搶了過去。

那時，我問育佐，下一個，應該就是你了吧？

他說，他希望跟我一起步入禮堂，同時請客就不必讓那麼多朋友、同學跑兩攤，很麻煩。

遇見張怡淳的時候，第一個浮現在我腦海中的，就是育佐的這句話。

我不知道這是什麼樣的徵兆，我甚至沒有在第一時間認出她。

因爲她變了很多，驗證了所謂的「女大十八變」。

那天我被送到接骨師診所之後，同事們很直接地把我抬到師傅面前，也不管後面還有人排隊候診，他們很大聲地說：「師傅啊，他的肩膀剛剛被鐵條砸到，骨頭好像斷了耶，快點幫忙看一下。」

師傅看起來大概五十歲，頭髮都有點白了，只見他很冷靜地說：「肩膀骨頭斷了死不了，去後面排隊。」

然後我又被扛到候診區坐下，同事們拍拍我，跟我說他們要出去抽菸，要我乖乖坐在裡面等，不要動。

接著我就聽到有人叫我的名字。

「陸……子謙？」

「嗯？」我朝著聲音的方向看去，「妳是？」

「張怡淳。」

「啥？不會吧！」我真的嚇了一跳，「妳怎麼變這樣？」

「變怎樣？」

「就是……啊……欸……就是跟以前差很多這樣。」

「以前很恐怖嗎？」

「呃……也不會啦，但跟現在比，就是差很多。」

「差多少？」

「大概台北到高雄那麼多。」

「你跟汪育佐他們一定一直保持聯絡對吧？」

「妳怎麼知道？」

「因為剛剛那句台北高雄的廢話很像是汪育佐會說的。」

「看來妳比較了解他。」

「是嗎？你們三個都很好了解吧，而且你好像沒變多少。」

「天生麗質的人再怎麼變，應該都還是那副年輕樣。」

「不，是一樣老。」

「嗯，我確定妳是張怡淳。」

大概過了三秒，我自己笑了起來，肩膀上的傷也因為震動而疼痛。

「你肩膀受傷啦？」

「是啊。」

「被鐵條砸到？」

「妳怎麼知道？」

「剛剛你朋友講那麼大聲，大家都知道了。」

「喔……」我頓了一下，「那妳呢？」

她指了指她的腳，「我昨天騎車摔倒，腳扭到了。」

我看著她的腳踝，嗯，腫得挺厲害的，膝蓋附近有些擦傷。

「那妳現在在幹嘛？工作了嗎？」

「對啊，我在銀行工作，你呢？」

「妳看我一身髒兮兮也知道，我在做工。」

「什麼工？」

「在中油，我是外包廠商的工人。」

「你爲什麼會去當工人？你根本不像工人。」

「問得好，我也不知道爲什麼，那是我爸爸朋友的公司，我只是來幫忙，結果一幫就一年多了。」

這時候接骨師叫了她的名字，她示意我等一等，然後走入診間。

過了大概十分鐘，她走了出來，扭傷的地方已經包紮好了。

「換你。」她說。

「啊？師傅沒叫我啊。」

「他叫我叫你進去。」

「那妳呢？妳要走了嗎？」

「不然呢？」

「喔……」我又頓了一下，「那……我們會再聯絡嗎？」

咦？我怎麼好像問過這句話？

「你覺得有必要嗎？」

「妳覺得沒必要嗎？」

「你覺得有必要嗎？」

「妳覺得沒必要嗎？」

「我在問你。」

「我在問妳。」

「是我先問你的。」

「不，是我先問妳的。」

「你應該要先回答。」

「爲什麼我要先回答？」

「因爲男生要讓女生。」

「所以應該要讓妳先回答啊。」

這時候接骨師走了出來，「你要不要先來處理你的肩膀？處理完再把美眉好嗎？」

「喔。」我有點不好意思地點了點頭。

「那，拜拜囉。」張怡淳對我揮揮手。

「啊……好吧。」不知道爲什麼，我心裡有些失落，「拜拜，有緣再見。」

然後我轉身走進診間，她也轉身走到櫃檯付錢。

接下來我就很慘了。

師傅摸一摸我的肩膀，然後說我很幸運，骨頭沒斷，但是肩膀跟手臂相連的地方脫臼了。說完之後，診間都是我的慘叫聲，我想連馬路上的人都能聽到。

包紮之後，我走出診間，看見張怡淳還坐在剛剛的位置上。

「咦？妳？」

「很痛喔？」

「幹！超痛德！」你看，我痛到把「的」的發音講成「德」了，而且還牽絲。

「嗯，我聽見了，聽你的叫聲就覺得很痛。」

「妳不是要走了？」

「是你說有緣再見德。」

「妳不要學我說話，那是因爲很痛，發音才會不準。」

「可我覺得還滿好笑的啊。」她哈哈笑了兩聲。

「所以呢？妳幹嘛還在這裡？」

「是你說有緣再見德。」

「是啊，然後呢？」

「眞有緣啊陸子謙，我們又見面了。」她說。

註、定。

## 26

十二年不見，張怡淳還是很美。對啦，我是用「美」這個字。

國中時被她甩了那一巴掌之後，那陣嗡嗡作響的痛覺在我心裡活了十二年，直到在接骨所遇到她的那一刻，我都還能感受到那陣痛覺。

所以當她跟我說要離開接骨所時，我心裡又有另一種痛覺。

這痛覺跟十二年前的是否一樣，我分辨不出來，就像我分辨不出喜歡跟愛的差別。

我問過張怡淳，妳覺得喜歡跟愛有什麼不同？

她說：差別在於使用的時機。

我花了五秒鐘想通這句話，並且在想通的瞬間原諒了許媛秀，不是表面原諒的那種原諒，而是打從心裡原諒，並且在原諒她的同時，愛上張怡淳。

張怡淳的愛情故事跟我差不多，她在大學期間被劈腿兩次，讓她一再地懷疑自己是不是個笨女人，因爲男人總是告訴她「對不起，我很喜歡妳，但我比較愛她」，她一度相信了喜歡跟愛是不同的。

「後來我就知道了，那只是使用時機上的差別而已。你還想跟這個人在一起的時候，你就是愛他，你想跟他分手的時候，就只剩下喜歡了。」她說。

那天，我在接骨所裡跟她交換了手機號碼。

我問她，這表示我們要繼續聯絡嗎？她說不是，是要讓我好好地記住這支電話，但是不准打。

後來我把遇到張怡淳的事情告訴伯安跟育佐。

當時伯安正在哄小孩，已經一歲多的小伯安變得很愛講話，雖然沒人聽得懂他在說什麼，總之就是咿咿呀呀這樣，叫爸爸的時候都說「八」，叫媽媽的時候都說「麻」。

「所以她把電話留給你，卻叫你不准打？」

「對啊。」我一臉納悶。

「這是什麼招？」

「我哪知道？」

「難道是武林中失傳已久的『欲擒故縱』？」

「欲你媽個貢丸湯啦，最好是這樣。」

「幹！陸先生，你講話很髒喔，我兒子會聽到啦！」

「……」

「……欸，我剛剛有罵幹嗎？」

「有……」

然後我聽到他跟他兒子道歉的聲音，還有曉慧罵他的聲音，過沒幾秒，伯安就掛了我的電話，放我自生自滅了。

我打給育佐的時候，是學……嗯……彩娟接的，她說育佐正在洗澡，要我晚點再打，或是等育佐回電。

大概十分鐘後，育佐回了電話，我把事情講了一遍，他聽完又開始廢話了。

「那隻火雞有變成老火雞嗎？」

「嗯……看起來不老。」

「她也二十七了耶，應該要嫁人了吧？」

「爲什麼二十七就應該要嫁人？」

「女人超過二十五歲都應該去買個警示燈，掛在身上閃啊閃的，警告所有人說她就快要過期了，再不帶回家供起來的話就會臭酸。」

「哪會？」

「爲什麼不會？二十五歲算好了，還能掛警示燈，等到三十歲就不用掛了，直接貼一張符在額頭上比較快。」

「什麼意思？」

「都已經成妖孽了，就要懂得鎮住自己的妖氣，不要再出來害人了。」

「幹！你廢話很多耶！」

「我沒有在廢話，我是說眞的。反正女人超過二十七歲還沒嫁出去，絕對都是個性有問題。」

我想了兩秒鐘之後，「……那你旁邊那個人……」

我話還沒說完，就聽到他被扁又被罵的聲音：「你現在是在講我個性有問題是嗎？你這個廢話比正經話還要多的老頭！」嗯，聽起來彩娟出手很重。

好吧，育佐的部分我們就跳過去好了，他愛白目被打死是他家的事。

三天之後，我接到她的電話，「她」是指張怡淳。

「爲什麼不打電話給我？」她說，語氣聽來很認眞。

「咦？」

「你在咦什麼啦？爲什麼不打電話給我？」

「是妳叫我不准打的。」

「好，那你今晚不准吃晚飯。」說完她就掛了，是掛電話的掛，不是死掉的掛。

我有一種走在路上被招牌砸中的感覺，一整個莫名其妙。

但是不知道怎麼回事，那天晚上我吃晚飯之前還眞的想了一下該不該吃？是不是眞的不准吃？雖然結果我還是吃了，但吃完感覺有點怪怪的。

晚飯過後她又打電話來。

「你吃飯了嗎？」

「我……」

「吃了對吧？」

「呃……不算。」

「什麼叫不算？」

「我只是把一些東西放到嘴巴裡，經過食道之後，暫時存到胃裡，沒多久後就會出來了，所以不算。」

「不要學育佐耍嘴皮。」

「對不起。」

「你是不是吃飯了？」

「對。」

「我不是說不准吃？」

「我剛剛是眞的有考慮要不要聽妳的話耶。」

「但你還是吃了啊。」

「不吃會餓啊。」

「那你打電話給我會死嗎？」

「不會啊。」

「那你爲什麼不打？」

「是妳說不要打的。」

「既然你都聽我的話不打電話了，爲什麼不聽我的話不吃飯？」

「因爲不吃會餓啊。」

「你在跳針啊？」

「是妳在跳針吧？」

然後她「厚」了一聲，就把電話掛了。

丈二金剛摸不著頭緒之際，我打電話給伯安，卻不小心按錯手機的快速鍵，打到育佐那裡去了。

「咦？」這是我的咦。

「咦？」這是育佐的咦。

「怎麼是你接？」

「……」他愣了一會兒，「不然周星馳的電話會是周杰倫接嗎？」

「是我打錯嗎？」

「我怎麼知道你要找周星馳還是周杰倫？」

「那我找周杰倫好了。」

「哎唷唷，不錯喔，還知道要找我。」他開始學起周杰倫說話。

「呃……還是算了，麻煩你叫周星馳接電話。」

「有沒有搞──錯！眞是一語驚醒我夢中人。」

「嚇得我屁滾尿流失了魂。」

「你幹嘛搶我台詞？」

「幹，我幹嘛跟你演這麼久？」

「幹！是你打電話來的耶。」

「我打錯了啦，我要找伯安。」

「什麼？你拿明朝的劍斬清朝的官？」

對不起，我掛了他的電話，跟他講電話眞的是災難。

掛電話前的最後一句話是：五哥嗎？我人在一九三七年的上海……

## 27

儘管育佐廢話一堆的毛病改不了了，學……嗯……彩娟還是決定嫁給他。她說：「我不入地獄，誰入地獄？」這情操眞是讓我們深感佩服。

育佐結婚那年，我們三十歲，小伯安都準備要上幼稚園了。隔年小育佐在雲林出生，長得跟育佐超級像。

「啊！完了，這孩子……」我說。

「眞是可憐，看來得勸他離家出走才行。」伯安說。

「喂，你們兩個講話很毒喔，像我不好嗎？」育佐說。

然後我跟伯安想了幾秒鐘。

「啊！完了，這孩子……」

「眞是可憐，看來得勸他離家出走才行。」

你可能在想，爲什麼小育佐是在雲林出生的？要說這件事，得先從他們兩夫妻極度瘋狂的行爲說起。

在學……嗯……彩娟懷孕將近九個月的時候，她向育佐提出要去劍湖山搭大怒神跟

G5的想法，身為丈夫，為了孩子跟太太的安全，應該立刻駁回才對。

「好啊！我帶妳去！」育佐連想都沒想就答應了。

不過想也知道，遊樂場的工作人員是不可能讓孕婦玩那些遊樂設施的，這點育佐也知道，他只是想著帶老婆一起出去走走也好，反正設施她都碰不得，他還可以替她玩，所以大怒神跟G5都是育佐一個人坐。

就在他搭完G5之後，學……嗯……彩娟對他說了一句話：「我覺得……好像是時候見面了……」

「見面？」

「對……」一邊說，彩娟還一邊冒汗。

「跟誰見面？」

「你兒子。」她說。

「子謙，你一定要試著體會那種『見面』的感覺。」跟他認識了十幾年了，我第一次看見他這麼認眞地說話。

小育佐比預產期早了十八天出生，不過非常健康，體重超過三千公克，是個白胖小子。彩娟說懷孕時期，汪媽媽給她吃了很多補品，結果都補到小孩身上去了。

但是她生完孩子之後，看見她的身材，我們覺得，應該是母子倆都補到了才對。

伯安跟育佐問我：「喂，什麼時候換你？」

「換我什麼？結婚嗎？」我說。

「當然是結婚，不然呢？出家喔？」育佐說。

「你這樣說不對，不是出家，」伯安揮著手，「是與愛情一起埋葬。」

「不管是結婚、出家，還是與愛情一起埋葬，都不應該問我的，你們應該要問張怡淳才對。」我回答。

我跟張怡淳在一起的第一天，就是我第一次打電話給她的那天。

那時候我和伯安討論了半天，終於確定了她的想法，那一瞬間，我猛然發現自己原來是個白癡兼木頭。

掛掉育佐的電話之後，我撥給伯安，把我跟她跳針般的對話講了一遍，伯安說她的意思是：「我叫你別吃晚飯，你都可以違背了，爲什麼我叫你別打電話，你卻這麼聽話？」

有時候女人眞的很難理解，不，應該說是一直都很難理解。

希望人家打電話給她，講一聲就好了，爲什麼要搞得這麼複雜呢？轉了一大圈，以爲這樣很浪漫，或是覺得男生應該要知道她們在想什麼，拜託，天知道她們爲什麼要這樣處理一件簡單到不行的事。

於是，我終於打電話給她了。

「喂。」

「幹嘛？」

「打電話給妳啊。」

「我不是說不能打嗎？」

「其實妳是希望我打吧？」

「沒有啊。」

「哎唷，都已經是二十七歲的女人了，不要這麼幼稚，被我說中就承認吧。」

「承認什麼？什麼幼稚？」

「承認妳要我打給妳，承認妳一直否認的行為很幼稚。」

「哪有？」

「唉，妳還記得十幾年前，我們在妳家附近最後一次說話的時候，妳在回家之前跟我說了什麼嗎？」

「我說了什麼？忘了。」

「妳說，拜託，成熟點，我們都已經不再是孩子了。」

「是嗎？」

「是啊，我們都不再是孩子了，所以，成熟點吧！」

她呵呵笑了幾聲，然後我聽見她吐氣的聲音。

「那換我問你。」

「妳問。」

「你還記得那年，你問我的最後一個問題是什麼嗎？」

「什麼？」

「你問我，我們還會不會聯絡啊。」

「喔，對，我記得。」

「你還記得我當時的回答嗎？」

「記得，妳說會聯絡就會聯絡，不會聯絡就不會聯絡，這一點都不需要問的。」

「那你知道我轉過頭要回家的時候，心裡很難過嗎？」

「爲什麼很難過？」

「你果然是木頭。」

「……」雖然我無言，但我心裡其實是開心的。

「哎唷，都已經是二十七歲的男人了，別幼稚了，被我說中了就要承認。」

「承認什麼？什麼幼稚？」

「承認你是木頭，承認你一直不承認的行爲很幼稚。」

「妳爲什麼要學我說話？」

「這叫以其人之道還治其人之身。」

「喔。」

「快點承認啊。」

「好，我承認我是木頭。」

「還有呢？」

「我承認我很幼稚。」

「非常好。」

「那妳也應該承認一些東西了吧？」

「我要承認什麼？」

「承認妳十幾年前覺得我是木頭，是因爲妳喜歡我。」

「我爲什麼要承認？」

「因爲我想當妳男朋友，如果妳不承認的話，我當不成。」

「有人這樣追女生的喔？」

「有，我就是這樣。」

「哼！幼稚……」後來她考慮了三秒，然後說：「我承認。」

兩個都承認的人，下一步應該就是在一起了，應該沒什麼不能承認的了吧？

我後來向她坦承，當年看見她的黑色內衣時，我心裡想著，她應該也穿著黑色的內褲吧。她也很老實地告訴我，那時的她其實沒有黑色內褲，而黑色內衣是媽媽的，她只是借來穿。

然後不知道爲什麼，從黑色內衣開始，聊到以前的許多事，我突然感覺一陣失落，又感到些許安慰，那些青春都不會再回來了，而我們竟然也這樣跌跌撞撞地長大了。

我把這些年的日子跟她分享，包括我們的高中、大學、伯安怎麼追到曉慧、育佐寫了「我在燈火闌珊處」給彩娟，還有那個患有焦慮症的同學、那個把每個男生都當成前男友的曖昧對象，以及讓我傷心的許媛秀。

同時，她也跟我分享了她這十幾年的日子。

時間洪流滾滾，帶著世上的所有往前漂流，就連地球也一樣，隨著洪流漸漸老去，更何況是我們。

而在洪流裡生存，人必須學會並且習慣轉變，在人生的每一個階段，轉變成適合那個階段的樣子，這是必須、必然的。

所以這些流轉之年，在「流」與「轉」之間，我們翻了又翻，滾了多少圈呢？

我們在這些年後回頭看看以前，是不是還能認識以前的自己？有多少人回頭想想自己曾經的失去、曾經的擁有，還有曾經的幼稚，不會發出會心一笑的？

大部分都會吧。

那會心一笑也代表著一種長大呢。

我問過張怡淳，爲什麼十多年後在接骨所遇見我，明明說了再見，卻還留在那裡等待呢？

她說：「十幾年前掉了的寶貝，十幾年後能撿回來，誰會不低頭一拾呢？」

前面說過，育佐結婚那年，我們三十歲。

應該更強調一點說，我們「都」三十歲了。

那時我跟張怡淳已經在一起三年，沒吵過架、沒生過氣，對我們來說，彷彿那個註定要陪著自己過一輩子的人，在十幾年前就已經遇見了，只是我們把對方搞丟了，直到十幾年後才又不小心撿回來一樣。

「註定的啦，跑都跑不掉。」伯安說。

是啊，伯安，你眞是神算，國三那年就讓你參透了註定的眞理，你大概是神仙轉世投胎的吧。

所以，我跟張怡淳準備什麼時候結婚呢？

就如同我給育佐跟伯安的回答，這要問她才對。

我不是開玩笑，我說的是眞的，應該要問她才對。因爲我早就把求婚戒指放在她每天都看得到的地方，也就是她化妝檯的抽屜裡面，但是她偏偏都沒發現。

我在戒盒裡面，還寫了一張小紙條，上面寫著：「放學後，到活動中心後面的大樹下，有話跟妳說。」

我猜，依她的聰明才智，一定會知道我的意思。她一定會在放學時間，回到我們國中母校，在活動中心後面的大樹上，尋找我要說的話。

而我在那棵大樹上，用立可白寫了「我在燈火闌珊處」七個字。

什麼？立可白太脆弱，等她發現、回去看的時候，字可能都不見了？

別擔心啦。

一切都是註定的啊。

一切都是註定的。

【全文完】

國家圖書館出版品預行編目資料

流轉之年／藤井樹著. -- 初版. -- 臺北市；
商周出版：家庭傳媒城邦分公司發行, 2010（民99）
面　；　公分. --（網路小說；148）

ISBN 978-986-6285-30-1（平裝）

857.7　　　　99000952

# 流轉之年

作　　者／藤井樹
企畫選書人／楊如玉
責任編輯／楊如玉

版　　權／翁靜如
行銷業務／李衍逸、蘇魯屏
總 編 輯／楊如玉
總 經 理／彭之琬
發 行 人／何飛鵬
法律顧問／台英國際商務法律事務所　羅明通律師
出　　版／商周出版
台北市中山區民生東路二段 141 號 9 樓
電話：(02) 2500-7008　傳眞：(02) 2500-7759
blog：http://bwp25007008.pixnet.net/blog
email：bwp.service@cite.com.tw
發　　行／英屬蓋曼群島商家庭傳媒股份有限公司城邦分公司
聯絡地址：台北市中山區民生東路二段 141 號 11 樓
書虫客服服務專線：(02) 25007718．(02) 25007719
24小時傳眞服務：(02) 25001990．(02) 25001991
服務時間：週一至週五09:30-12:00．13:30-17:00
郵撥帳號：19863813　戶名：書虫股份有限公司
讀者服務信箱 email：service@readingclub.com.tw
城邦讀書花園網址：www.cite.com.tw
香港發行所／城邦（香港）出版集團有限公司
地址：香港灣仔駱克道 193 號東超商業中心 1 樓
email：hkcite@biznetvigator.com
電話：(852)25086231　傳眞：(852) 25789337
馬新發行所／城邦（馬新）出版集團 Cité(M)Sdn. Bhd.
41, Jalan Radin Anum, Bandar Baru Sri Petaling,
57000 Kuala Lumpur, Malaysia.
電話：(603 ) 90578822　傳眞：(603) 90576622
email:cite@cite.com.my

封面設計／黃聖文
排　　版／新鑫電腦排版工作室
印　　刷／高典印刷有限公司
總 經 銷／高見文化行銷股份有限公司
電話：(02)2668-9005　傳眞：(02)2668-9790
客服專線：0800-055-365

■ 2010 年（民 99）3月2日初版
■ 2020 年（民 109）2月27日初版72.5刷

Printed in Taiwan

**定價／220元**


ISBN　978-986-6285-30-1

| 廣　告　回　函 |
| --- |
| 北區郵政管理登記證 |
| 台北廣字第 000791 號 |
| 郵資已付，免貼郵票 |

104 台北市民生東路二段 141 號 2 樓

**英屬蓋曼群島商家庭傳媒股份有限公司　城邦分公司**

請沿虛線對摺，謝謝！

| 書號： BX4148 | 書名： 流轉之年 | 編碼： |
| --- | --- | --- |

請於此處用膠水黏貼

# 讀者回函卡

樹迷好康對對送！只要填妥以下資料，寄回商周出版，就有機會得到價值 8000 元的銀鎮 2010 年經典款對項鍊（10 位名額）！活動日期自即日起至 2010 年 3 月底止（以郵戳為憑，影印無效），敬請把握機會！

姓名：＿＿＿＿＿＿＿＿＿＿

性別：□男　□女

生日：西元＿＿＿＿年＿＿＿＿月＿＿＿＿日

地址：＿＿＿＿＿＿＿＿＿＿

聯絡電話：＿＿＿＿＿＿　傳真：＿＿＿＿＿＿

E-mail：＿＿＿＿＿＿＿＿＿＿

職業：□1.學生 □2.軍公教 □3.服務 □4.金融 □5.製造 □6.資訊
□7.傳播 □8.自由業 □9.農漁牧 □10.家管 □11.退休
□12.其他＿＿＿＿＿＿

您從何種方式得知本書消息?
□1.書店□2.網路□3.報紙□4.雜誌□5.廣播 □6.電視 □7.親友推薦
□8.其他＿＿＿＿＿＿

您通常以何種方式購書?
□1.書店□2.網路□3.傳真訂購□4.郵局劃撥 □5.其他＿＿＿＿

您喜歡閱讀哪些類別的書籍?
□1.財經商業□2.自然科學 □3.歷史□4.法律□5.文學□6.休閒旅遊
□7.小說□8.人物傳記□9.生活、勵志□10.其他＿＿＿＿

對我們的建議：
＿＿＿＿＿＿＿＿＿＿
＿＿＿＿＿＿＿＿＿＿
＿＿＿＿＿＿＿＿＿＿
＿＿＿＿＿＿＿＿＿＿

請於此處用膠水黏貼